나는 혼자 스페인을 걷고 싶다

먹고 마시고 걷는 36일간의 자유

나는 혼자 스페인을 걷고 싶다

오노 미유키 지음
이혜령 옮김

Camino de Santiago

오브제

Prologue

프롤로그

카미노 데 산티아고. 이 이름도 낯선 곳이 지금 전 세계적으로 붐을 일으키고 있다는 걸 아는지?

'카미노 데 산티아고'란 스페인 북서부를 향해 뻗어 있는 기독교 순례길을 말한다. 기독교 3대 성지 중 하나인 '산티아고 데 콤포스텔라'. 그곳을 향해 프랑스 남부의 시작 지점부터 최장 800km에 이르는 길을 도보나 자전거, 말, 차나 버스 등 다양한 수단으로 돌아보는, 말하자면 기독교판 '오헨로('동양의 산티아고 길'이라 불리는 일본 시코쿠 지방의 불교 순례길)'다.

산티아고 길은 중세부터 순례자들이 찾기 시작한 곳이지만 기독교 순례자 외에도 많은 사람들이 모여들어 도착지 '산티아고 대성당'을 향한다. 몇 년 전 카미노를 주제로 한 영화 〈더 웨이The way〉가 미국에서 크게 히트했고, 그를 계기로 수많은 미국인이 주인공 톰과 마찬가지로 배낭 하나 척 둘러메고 말도 통하지 않는 이 이국의 시골길을 찾게 되었다. 한국에서는 주로 20~30대 젊은이를 중심으로 폭발적인 붐이 일어나, 에세이와 가이드북이 수없이 쏟아져 나오고 있다. 독일에서는 병을 얻은 코미디언이 이 길을 걸으며 그 과정을 여행기로 출판해 크게 화제가 된 이후 이 길을 찾는 사람의 수가 계속해서 늘어났다.

단순히 일회성으로 그치는 현상이 아니다. 카미노의 인기는 1985년 무렵부터 꾸준히 전 세계로 확산되기 시작해, 이제는 남미나 유럽 각국에서도 많은 사람이 이 길을 걷기 위해 찾아온다. 갭이어Gap year (진학이나 취직 전에 잠시 쉬면서 다양한 경험을 하며 자유롭게 지내는 기간)로, 이직을 앞둔 사이에, 휴가로…… 이유는 다양하다. 2010년 성년에는 18만 명에 육박하는 사람들이 산티아고 데 콤포스텔라를 목표로 이 길을 걸었다. 카미노 데 산티아고는 왜 지금 이렇게 인기가 높아지는 걸까? 그건 아마도 이 길이 사람과 만나며 미지의 나를 발견하는 경험, 육체 트레이닝부터 세계유산, 미식, 파티에 이르기까지 여기서밖에 얻을 수 없는 수많은 경험으로 넘쳐나기 때문일 것이다.

나는 이 길을 세 번에 걸쳐 걸었다. 처음 찾은 건 2008년. 레온이라는 거리에서 출발해 10일간에 걸쳐 300km의 거리를 답파했다. 그다음 해에는 부르고스에서 시작해 500km를 20일에 걸쳐 걸었다. 그리고 5년이 지난 2014년에는 프랑스의 피레네 산맥에 있는 순례지의 기점인 생장피드포르(이하 생장) 거리부터 800km 가까이 되는 길 전체를 35일에 걸쳐서 걸었다.

왜 내가 '스페인을 걷는다'는 언뜻 생각하면 엉뚱한 행동에 이렇게까지 매력을 느낀 걸까. 그건 언젠가 만났던 한국인 인류학자, 김양주 선생님의 말이 마음에 남았기 때문이다. 김양주 씨는 40년도 전에 일본으로 건너와, 도쿄대학교에서 공부한 뒤 시만토가와(일본 고치현 서부를 흐르는 강으로 시코쿠 지방에서 가장 길고 청정한 강)를 현지 조사하며 동서고금의 성지를 연구한 인류학 박사다. 현재는 배재대학교에서 교수로 학생들을 가르친다. 그런 그에게 "가장 감명을 받은 장소는 어디였습니까?" 하고 물었을 때 되돌아온 답이 바로 스페인의 순례지 '카미노 데 산티아고'였다.

"인생과 여행에서 짐을 꾸리는 방법은 같습니다. 필요 없는 짐을 점점 버리고 나서, 마지막의 마지막에 남은 것만이 그 사람 자신인 것입니다. 걷는 것, 그 길을 걷는 것은 '어떻게 해도 버릴 수 없는 것'을 알기 위한 과정입니다."

당시 스물한 살이던 나는 모든 일이 잘 풀리지 않아 너무나도 초조했었다. 취직을 못 하는 내가, 다른 사람과 잘 사귀지 못하는 내가, 사회에 나가 상처만 받고 있는 못난 내가 더없이 곤란할 때. 그때 나는 김양주 씨의 이 말에 의지해 여행을 떠났다. 배낭 하나를 등에 짊어지고. 어딘가에 그 답이 있는 게 아닐까 하는 흐릿한 희망을 안고서.

거기서 만난 많은 사람들의 말이 내 인생을 변화시켰다. 나이도, 자란 환경도 제각기로 세계 각국에서 모인 수많은 순례자들이 함께 잠을 자고 한솥밥을 먹으며 성지를 목표로 걸어간다. 그들의 말을 듣는다는 건 그들이 지금까지 쌓아온 인생관을 그대로 접하는 일이었다.

그들의 말이, 편견과 상식에 묶여 굳어 있던 내 머리를 부드럽게 풀어주었다. 때로는 날카로운 칼처럼 꽂히는 말에 몸이 깎여서, 숨겨왔던 바닥이 그대로 드러난 아픔에 비명을 질렀다. 그렇게 쓸데없는 외피가 완전히 사라졌을 때, 나는 남겨진 나 자신과 마주할 수 있었다. 이 여행은 '버리기 위한' 여행인 것이다.

일상생활을 보내며 머릿속에 꽉 차 있던 고정관념과 편견, 잊고 싶어도 잊을 수 없는 추억과 같은 것들이 스페인의 시골이라는 일상의 상식이 통용되지 않는 이국의 땅에서 점점 뒤집혔다. 미지의 만남에 삼켜져 허우적대고 있는 사이, 점점 쓸데없는 것들이 사라지고 씻겨 내려가며 텅 빈 나 자신 속에서 새로운 것이 싹을 틔웠다.

걷는다는 행위는 지금까지의 자신을 반성하는 동시에 다음의 자신에게 다다르는 행위이기도 하다. 문자 그대로, A지점부터 B지점에 다다르는 사이에 '나' 자신도 A지점에 있던 때의 내가 아니게 된다. 그런 변화를 불러일으키는 게 이 길의 독특한 힘이다. 이 길을 걷는 사람들은 여행이 끝났을 때 어딘가 새로운 경지에 다다를 걸 기대하며 걸음을 옮긴다. 실제로 거기 도달할 수 있을지, 그것이 무엇일지는 아무도 알 수 없다. 하지만 그 여정은 더할 나위 없이 흥분된다. 고생이나 말썽, 피로나 불편을 포함해 이 여정이 인생을 되돌아볼 때 무엇과도 바꿀 수 없는 경험이 된다는 건 지금까지 이 길을 걸어온 셀 수 없이 많은 선배들의 증언을 통해 확실히 약속된 것이다.

내가 이 책을 통해 전하고 싶은 건 단 한 가지다.

'카미노 데 산티아고는 즐겁다!'

이유가 뭐든 상관없다. 자아 찾기라도, 종교적 동기라도, 스페인의 문화를 즐기는 것이라도, 레저라도 상관없다. 그저 이 길은 당신이 걷기 전에 기대한 것보다도 몇 배나 더 크고, 생각지도 못했던 기쁨과 즐거움을 가져다줄 것이다. 신을 믿든 믿지 않든 이 길은 당신에게 무엇보다 좋은 선물이 된다. 그 선물은 바로 이 길을 걷고 난 뒤의 즐거움이다.

긴 인생 속에서 며칠 혹은 수십 일간 자신만을 위해 쓸 시간을 낼 수 있다면, 인생의 걸림돌을 만났는데 좀처럼 잘 풀리지 않아 이러지도 저러지도 못해 절망하고 있다면, 또 돈을 가능한 한 많이 들이지 않고 갈 수 있는 흥미진진한 여행지를 찾고 있다면 망설이지 말고 이 책을 손에 들길. 분명 이 책은 당신에게 최고의 가이드가 되어줄 것이다.

떠나자, 미지의 만남이 기다리고 있는 그 길로.

부엔 카미노Buen camino! (좋은 여행을!)

차례

제2장

스페인 순례의 모든 것!

1 / 카미노로
당장 떠나야 하는 이유

- 숙박비가 거의 들지 않는다!
- 밥이 맛있고 저렴하다!
- 전 세계 사람들의 다양한 인생관을 접할 수 있다
- 최적의 다이어트 코스! 날씬하고 건강한 몸으로 탈바꿈한다
- 세계유산으로 가득한 축복 받은 길!
- 어학 실력이 쑥쑥!
- 나 자신과 대화하는 소중한 시간을 가질 수 있다

2 / 스페인 순례 기초 지식

칼럼1 *POR QUÉ CAMINOS*

– 파트너와 함께하는 둘만의 여행, 그 장단점 _28세 남성 K 씨.

칼럼2 *POR QUÉ CAMINOS*

- 회사까지 쉬어가며 100km 답파! 갈리시아를 만끽한 여행 _ 32세 여성 M 씨.

칼럼3 *POR QUÉ CAMINOS*

– 바다 저 아래부터 궤도 수정, 여자 홀로 디톡스가 된 여행! _ 25세 여성 R 씨.

5 / 맛있는 나라 스페인 만끽하기!

더 이상은 무리라고 느꼈을 때,

난 그곳으로 향했다

1.

푸른 산맥을 넘는,
몸의 길

인생과 짐 꾸리기

바욘
Bayonne

"으아아아아아앙 내 아이폰 어디 갔어어어어어어?!"

폭풍과도 같은 울음소리가 조용한 침대 열차 안에 울려 퍼진 건 자정을 넘어선 무렵이다. 흔들리는 사각의 어둠 속에서 하나둘 불이 켜지고 어두컴컴한 복도 바닥이 "무슨 일이야?" "무슨 일인데?" 하며 움직이는 사람들의 발걸음으로 채워진다. 귀에 익숙치 않은 이국의 언어가 느긋한 억양으로 사건의 발단을 설명하기 시작한다. 이 방에서 저 방으로, 차량에서 차량으로. 발밑으로 떨림을 전하는 기차 바퀴는 쉴 새 없이 철컹 철컹 철컹 불쾌한 소리를 낸다.

이곳은 프랑스, 파리에서 바스크 지방으로 향하는 고속철도

SNCF의 세 번째 칸. 졸린 눈을 비비며 3층 침대 제일 위에서부터 몸을 일으켜 들여다보니 같은 객실 한국인 여자아이가 얼굴이 새빨개진 채 울고 있다.

"베개 옆에 둔 내 아이폰이 없단 말이야! 누가 훔쳐갔나봐!"

여자아이는 서툰 영어로 말한다. 문틈으로 엿보고 있던 영어를 모르는 프랑스인들이 얼굴을 찡그린다. 열차 안 승객들은 난처한 얼굴로 여자아이를 둘러싸고 있다.

"아 정말, 너 때문에 깼잖아. 어쩔 거야!"라며 레게머리를 한 흑인 여성이 아프리카 억양이 섞인 프랑스어로 불만을 토로한다. 그 모습에 '저런 저런' 하며 달래는 프랑스인 아주머니.

잠에서 깬 걸 들키지 않도록 조용히 자세를 낮추고 있자니 결국 차장이 등장한다. 한 사람 한 사람 여권과 배낭 속을 조사해보지만 나오질 않는다. 계속해서 서럽게 울고 있는 한국인 여자아이. 모두가 매우 곤란해하던 찰나 차장이 여자아이의 베개를 들춘다.

"여기 있잖아, 휴대전화."

긴장했던 분위기가 한 번에 풀린다. 흑인 여성은 혀를 차며 "진짜 짜증나네" 하고 거친 말을 내뱉는다. "쏘리, 쏘리"를 연발하며 사죄하는 여자아이. 옆에서 옆으로 "찾았대" "다행이네, 다행이야" 하며 물결치듯 프랑스어로 소식이 전해지고 한숨이 퍼져간다.

이 이국적인 불협화음을 그대로 껴안고, 침대 열차는 밤을 달린다. 프랑스의 질 나쁜 레일 소리를 철컹철컹 울리며.

아, 내가 다 울고 싶은 심정이다…… 그렇게 생각하며 딱딱하

고 차가운 비닐로 만든 매트리스에 다시 몸을 누인다. 커다란 좌절을 끌어안고.

3개월 전, 내 다리는 돌연 움직임을 멈추었다. 매일같이 타고 다니던 오렌지색 전철 문 한가운데에서. 생각해보면 그날은 아침부터 토할 것 같은 기분이었다. 아니, 예전부터 줄곧 그랬는지도 모른다. 회사에 가기 싫은 기분을 억지로 꾹꾹 눌러 접어 주머니 속에 넣고는 집을 나섰다. 평소와 마찬가지로 7시 45분, 중앙선 세 번째 차량. 평상시와 달랐던 건 내 몸뿐이었다.

전철이 역 홈으로 빨려 들어왔다. 그 30초 사이에 쏟아지던 많은 사람들의 잿빛 영혼. 가능한 한 안쪽을 확보하겠다며 재빨리 승차하는 사람들을 따라 나도 경쟁하듯 전철 안으로 들어가려던 차였다. 갑자기 목구멍이 꽉 막힌 듯 괴로워지며 숨을 쉴 수가 없었다. 너무도 갑작스러워 스스로도 무슨 일이 일어난 건지 전혀 알 수가 없었다. 빙글 하고 눈앞이 흔들리며 몸이 용암처럼 끓어오르기 시작했다. 식은땀이 줄줄 흐르면서 여름도 아닌데 셔츠 소매가 흥건하게 젖었다. 나 대체 왜 이러는 거야. 빨리, 빨리, 빨리 움직여야 하는데.

취직하고 3년째. 해야 할 일은 산처럼 쌓여 있었다. 회사에 도착하면 먼저 그걸 발송해야지, 메일에 회신을 보내야지, 오늘은 꼭 참석해야 할 회의가 있는데. 그러니까 이런 데서 쓰러질 때가 아니잖아. 야, 빨리 움직여, 뒤에 사람이 오잖아. 양쪽에서 기분 나쁜 얼굴로 힐끔힐끔 쳐다보는 샐러리맨들을 보며 나는 새파랗게 질렸다.

점점 더 숨쉬기가 괴로워졌다. 다리는 홈에 푹 박힌 듯 움직이질 않는다. 전동차의 출발을 알리는 벨이 울린다. 몸을 비틀어 짜듯 하며 억지로 한 발을 내디뎠다. 딱딱하게 굳은 양다리는 마음껏 내 명령을 무시했고, 나는 그 자리에서 보기 좋게 나뒹굴었다. 댐이 한번에 무너지듯 한심함이 넘쳐흘러 내 눈물샘에 구멍이 뚫렸다. 전동차는 언제나처럼 냉랭한 얼굴로 출발했다. 덩그러니 나뒹굴고 있는 얼굴이 새파래진 여자를 남겨둔 채로.

정신과 의사는 내게 '공황장애'라는 진단을 내렸다. 그 말을 듣는 순간 '뚝' 하고 지금까지 점점 커져가던 무언가가 마음속에서 부러지는 소리가 들렸다. 초조해하면 초조해할수록 증상은 무거워졌다. 곧 개찰구를 통과하는 것도 불가능해졌다. 개찰구 앞에 서 있는 나를 역무원이 의심스러운 눈으로 바라봤다. 누가 날 보고 있다고 생각할수록 몸이 경직되었고, 나는 좀비처럼 거기에서 사라지기를 반복했다.

어떻게 하나…… 어떻게 하나…… 어떻게 하나……. 매일매일, 나는 그렇게 멈춰 서기를 반복했다. 아무도 없는 개찰구 저편을 바라보며. 지금 떠올려보면 머리가 어떻게 됐던 거라고밖엔 생각할 수 없다. 하지만 그때의 난 내 미래에 1mm도 희망을 가지지 못한 상태였다.

SNS를 들여다보면 동기로 입사한 친구들이 올려놓은 즐거워 보이는 사진들이 가득했다. 바비큐, 여행, 결혼식. 그 미소에선 어둠 한 점 보이질 않았다. 모두들 자신의 항로가 축복 가득할 거라

고 조금도 의심하지 않는 것 같았다. 앞으로 몇 십 년이나 계속될 길고 긴 항해 속에서 말이다. 내 배는 항해를 시작한 직후부터 좌 초되어 완전히 부서졌는데······.

그때였다. 학생 시절 이스라엘의 백팩커스 호스텔에서 만난 인 류학자 김양주 선생님의 말을 문득 떠올린 건. 김양주 선생님은 동 서고금의 성지를 현지 조사하고 있는 배재대학교 교수였다. 햇볕에 그을린 얼굴, 텁수룩한 수염. 언뜻 보면 도저히 교수처럼 보이지 않 지만 연구에 대해 즐겁게 이야기하는 그의 눈엔 세계 곳곳을 걸어 다니며 몸에 익힌 독자적인 지성이 넘쳐났다. 그런 그가 지금까지 간 곳 중 가장 감동을 받았던 장소는 '카미노 데 산티아고'라고 말 했다.

"선생님은 거기서 뭘 얻으셨나요?" 나는 물었다.

"얻은 것이 아닙니다. 버렸지요."

김양주 씨는 내 눈을 지그시 바라보며 말했다.

"인생과 여행에서 짐을 꾸리는 방법은 똑같아요. 쓸모없는 물 건을 점점 버리고 나서, 마지막의 마지막에 남은 것만이 그 사람 자신이지요. 걷는 것, 여행하는 것은 그 '쓸모없는 것'과 '아무리 해 도 버릴 수 없는 것'을 골라내기 위한 작업입니다. 성지라는 건, 모 두 그를 위한 장치죠. 내 인생은 아직 20년 가까이 길게 남아 있는 데 그사이에 얼마나 필요 없는 걸 버릴 수 있는가로 '나는 무엇이 었을까'를 정하는 것입니다."

내가 마지막까지 버릴 수 없는 소중한 짐은 대체 뭘까? 갑갑한

정장으로 몸을 감싼 채, 니시오기쿠보의 인적이 드문 공원 녹슨 벤치에 앉아 난 생각했다. 쓸데없는 것을 버리고 싶다. 엉망진창 마구잡이로 부서진 자존심. 무의미해진 지금까지의 직장. 쓸모없는 것으로 가득 차, 장아찌 위에 돌이 올려진 듯 억눌린 내 커다란 머리. 여행을 떠나면 무언가를 찾을 수 있다고 믿을 만큼 어린애는 아니다. 하지만 도망치는 것밖에, 지금의 내가 할 수 있는 건 없었다.

이건 '자아 찾기'라는 이름의 현실도피일지 모른다. 하지만 방에서 혼자 무릎을 끌어안고 있는 것보단 낫다. 전부 버렸을 때 만에 하나라도 다음 길이 보이기 시작한다면. 그게 아무리 초라하다 해도 또다시 인생을 포기하고 싶진 않다.

나는 그렇게 스페인 순례 여행을 떠나기로 마음먹었다. 35일에 걸쳐 프랑스 남부, 생장피드포르에서 성지 산티아고 데 콤포스텔라까지 800km의 여정을 걷는 순례 여행을.

길의 시작

생장피드포르
Saint Jean Pied de port

앞으로
··· *800 km*

열차는 한 시간 늦은 아침 9시에 바욘 역에 도착했다. 작은 문으로 승객들이 와르르 쏟아져 나왔다. 다들 커다란 배낭에 등산용 재킷, 튼튼한 등산화 차림. 약속한 것도 아닌데 똑같은 모습을 한 사람들이 가득 모여 있는 걸 보고 있자니 장관이 따로 없다. 이렇게 많은 순례자가 같은 열차를 타고 왔다니…… 카미노 데 산티아고는 파리를 출발한 시점부터 이미 시작된 거였다.

바욘 역에서 열차와 버스의 연결 티켓을 구입했다. 열차로 먼저 캉보레뱅Cambo-les-Bains까지 가서 거기서부터 투어용 버스로 생장피드포르까지. 꽉꽉 찬 버스 속에서 내 자리 주변으로 익숙하지 않은

동유럽 언어가 들려왔다. 두 시간 정도 지나 생장에 도착. 희미하게 중세의 향기가 남아 있는 붉은 벽돌로 만든 산타마리아 문을 빠져나가면, 이제부터가 순례길이다.

좁은 관광 안내소는 순례자 여권인 크레덴시알을 받으려는 사람들로 매우 혼잡했다. 30분 정도 줄을 서서 등록을 마치고 밖으로 나왔다. 순례의 상징인 가리비와 표주박이 달린 지팡이를 파는 기념품 가게가 늘어선 거리를 빠져나와 한적한 길로 들어서니 아스팔트 길 위에 노란 페인트로 그려진 화살표가 보였다. 순례자에게 올바른 길을 알려주는 유일한 표시. 미래로 향하는 노란 화살표. 앞으로 어떤 여행이 기다리고 있을까?

"으악…… 진짜로 여길, 올라가야 돼……?"

출발하자마자 바로 나를 기다리고 있던 건 표고 약 1,400m의 피레네 산맥이었다. 눈을 가리고 싶어질 만큼 깎아지른 산길이 깊은 숲 속으로 이어져 있었다. 갑자기 닥친 최고의 난관. 길은 두 갈래가 있다. 곧장 나아가 가장 높은 지점인 레포델Col de Lepoeder을 넘는 경사가 급한 산길과, 완만하게 산을 우회하는 초보자를 위한 길. 어느 쪽을 고를지는 체력과 정신력이 결정한다. 안내소 아주머니는 "아가씨는 절대 산길로는 가지 마. 약해 보이는걸!" 하고 몇 번이나 나에게 다짐을 받았다. 그래도 모처럼 왔으니 "피레네 산맥 넘었다"는 말을 해보고 싶은데. 그리고…….

나는 이 여행에 일종의 '염원' 같은 것을 담았다. 이 길을 걸은 뒤엔 두 번 다시 공황장애 같은 건 겪지 않고 제대로 다시 시작하고 싶다고. '모두와 똑같이' 행동할 수 있는 인간이 되고 싶다고. 그렇다, 당시 내게 이 여행은 자신을 강하게 만들기 위한 가장 강력한 치료제였던 것이다.

좋아. 가보자 피레네! 나는 그렇게 심장을 폭발시킬 피레네 산맥에 도전하기로 했다. 한낮의 태양 아래, 나는 7.5km 앞 산속 마을 운토Huntto를 목표로 발을 디뎠다.

30분 뒤.

헥, 헥, 헥…… 와, 우습게 볼 일이 아니네…… 34도 급경사로 이뤄진 비탈길. 이런 길이 앞으로 16km나 계속된다니 못 참겠다. 목구멍이 불이라도 붙은 듯 아프다. 나무들 사이에 둘러싸여 있는데도 햇볕이 뇌를 녹여버릴 듯한 기세로 머리 위로 내리쬔다. 아무도 없는 산속에서 나는 두꺼비처럼 길 위에 납작 엎드렸다. 아스팔트의 차가운 감촉이 몸의 열을 식혀준다. 아아, 기분 좋다…….

잠시 후 산길 아래쪽에서부터 사람 목소리가 들려왔다. 아줌마 그룹이다. 두꺼비처럼 늘어진 나를 보자마자 기겁한 목소리로 외친다. "아가씨, 무슨 일이야!"

어찌나 딱해 보였던지 물이나 땅콩 같은 걸 계속해서 건넨다. 자신들도 앞으로 10km는 더 걸어가야 할 텐데도. 프랑스의 르퓌Le Puy에서부터 줄곧 걸어온 미국인 그룹이라고 한다. 아주머니들은 나를 부축해 일으켜 세운 뒤 구석구석 체크하기 시작한다.

"배낭끈이 너무 길잖아! 이러면 짐을 엉덩이 위에 올려놓은 거

나 마찬가지야. 어깨끈은 겨드랑이에 딱 붙을 정도로 조여야지.”

“왜 긴팔을 입었어. 티셔츠 가진 것 없어? 하나 줄까?”

“산길을 걸을 땐 잔걸음으로 걸어야 해. 어라, 이 신발 너무 크잖아! 양말도 두 겹 겹쳐 신어!”

어, 어어…… 결국엔 “아가씨 짐이 너무 무거워! 보여줘봐, 쓸모없는 건 버려줄 테니까!” 하고 말하기에 “와앗, 할게요, 제가 할게요!”라며 당황해 배낭을 껴안았다. 이것이 카미노의 세례인가. 출발 전에 들었지만, 이 길을 걷는 사람들은 모두 깜짝 놀랄 정도로 친절하고 벽이 없다는 말이 아무래도 진짜인 모양이다. 아주머니들이 말한 대로 배낭끈을 조절하고 걷는 방법을 바꿔보니 놀랍도록 몸이 가벼워졌다. 오후 6시 반 가까이 되어 겨우 오늘의 목적지인 운토 마을에 도착했다. 돌바닥으로 된 작은 길을 따라 집들이 늘어선 조그만 마을이다. 하나밖에 없는 알베르게에 도착해 순례자임을 증명하는 스탬프를 순례자 여권에 찍고 나니 겨우 하루가 끝났다.

해가 지니 날씨가 급격히 얼어붙어 덜덜 떨며 샤워를 했다. 운 나쁘게도 찬물밖에 나오지 않았다. 할 수 없지. 여긴 산속이니까. 지친 몸을 비집고 들어오듯 차가운 물이 몸을 자극했다. 그래도 하루 종일 화끈거렸던 피부에 찬물이 닿으니 기분이 좋다. 도미토리 침대 매트리스는 딱딱했지만 몸을 누이자마자 꽉 들어차 있던 긴장감이 한 번에 풀리면서 굴러떨어지듯 깊은 잠 속으로 빠져들었다.

모두 비우는 여행

론세스바예스
Roncesvalles

•
앞으로
··· 755 km

아침 6시. 부스럭거리며 일어나 혼자서 숙소를 나선다. 스페인의 아침은 늦다. 아직 해도 뜨지 않아 깜깜한 어둠 속을 손전등만을 의지해 걸어간다. 오늘도 어제와 마찬가지로 험한 산길이 이어진다. 조금 있으니 다른 순례자들의 모습이 보이기 시작한다. 사람들은 앞질러 갈 때마다 방긋 웃으며 인사한다.

"부엔 카미노!"

이 길로 모여드는 건 국적도 언어도 걷는 이유도 나이도 제각각인 사람들. 그 속에선 이 한 마디 인사만이 유일하게 모든 순례자에게 통한다. 이 한 마디를 주고받는 것만으로도 상대와의 거리가 좁혀지는 느낌이 드니 신기한 일.

해가 뜨기 시작할 무렵 갑자기 한꺼번에 풍경이 열렸다. 눈앞에 펼쳐지는 건 끝없이 멀리까지 한눈에 들어오는 넓고도 넓은 초원. 아주 맑은 바람이 몸을 통과한다.

"아아! 내가 정상까지 왔구나!"

드디어 내리막길로 접어들었다. 너도밤나무 숲 속 경사가 급한 비탈길을 미끄러지지 않게 조심하며 천천히 내려왔다. 무릎이 떨리기 시작할 무렵 회색 지붕들이 산속에서 보이기 시작했다. 론세스바예스다!

론세스바예스는 피레네 산맥을 넘은 순례자가 가장 먼저 도착하는 마을이다. 역사가 긴 마을이라 여기서부터 순례를 시작하는 사람도 많다. 12세기의 성령 예배당, 작고 귀여운 성 야고보 교회 등 시대도 양식도 제각각인 교회들이 산간의 작은 땅에 옹기종기 모여 있다. 프랑스 국경에서부터 벌써 4km. 이제 여기는 스페인령인 나바라Navarra 주다.

알베르게는 수도원 안에 딸려 있다. 넓은 안뜰에 깔린 희고 작은 돌들이 태양 빛을 반사하며 반짝반짝 빛난다. 만신창이가 된 몸을 이끌고 2층으로 올라갔다. 방을 둘러보다가 깜짝 놀랐다. "알베르게가 이렇게 깨끗한 거야!?"

겨우 10유로라고는 생각할 수 없을 정도로 청결하고 넓은 도미토리였다. 200명을 수용하는 거대한 알베르게로 모던하고 심플하게 디자인된 공간에 간접조명이 은은하게 바닥에 빛을 내리고 있다. 부엌과 세탁실도 완비돼 도시였다면 30유로 이하로 구하기 힘들었을 것이다.

내가 상상했던 순례는 극도로 근검절약하는 생활, 낡고 삼엄한 수도원에 풍족하지 못한 식사, 너덜너덜한 매트리스, 촘촘히 놓인 삐걱대는 침대 위에 몸을 구겨 넣고 잠드는 그런 이미지였는데. 전혀 다르잖아!

안뜰에선 순례자들이 저마다 앉아 하루의 피로를 풀고 있었다. 파릇파릇 돋아난 잔디밭에서 요가를 하거나 낮잠을 자는 사람들도 있다. TV도 인터넷도 없다. 휴대전화 전파도 닿지 않는다. 여기에서 '해야 할 일'은 아무것도 없다. 걷는 것, 그리고 쉬는 것, 그것 이외에는.

앗, 같은 열차에 묵었던 아이폰 한국인 여자아이다! 저 아이도

오늘 여기에 도착했구나.

"저녁 식사 할 식당은 예약제라던데"라며 영어를 잘 못 하는데도 어디서 정보를 얻었는지 귀띔해준다. 이 작은 마을엔 식당이 몇 개 없어 사전에 티켓을 구입해 다른 순례자들과 같은 시간에 일제히 저녁 식사를 하는 모양이다. 낯선 순례자들과 식사를 함께하는 건 아직 익숙하지 않아 살짝 긴장이 된다. 주 요리는 론세스바예스 명물로 송어 배에 햄을 채워 넣은 요리다. 탱탱하게 살이 오른 신선한 송어의 하얀 살과 햄의 짭짤한 맛이 절묘하게 어울린다. 이렇게 맛있는 음식을 매일같이 먹을 수 있다면 800km도 분명 가뿐히 이겨낼 수 있을 거다!

내 가방 마련하기

수비리
Zubiri

•
앞으로
··· 734 km

다음 날 아침, 간단히 옷차림을 점검하고 아침의 냉기 속으로 뛰어들었다. 하룻밤을 같은 숙소에서 함께 지낸 200여 명의 사람들이 일제히 움직이기 시작한다. 길은 숲 속을 따라 평탄한 일직선으로 이어져 있다. 어제보다도 오늘은 한층 더 즐거울 것 같다.

어두컴컴한 숲을 뚫고 평지로 나오니 아침 8시 무렵, 겨우 해가 뜨기 시작했다. 방해물 하나 없는 칠흑의 지평선이 갑자기 타오르듯 주황빛으로 물들었다. 부드러운 빛을 뿌리며 태양이 먼 산 저편에서 천천히 몸을 일으킨다. 바람은 살을 에듯 차갑다. 청색과 적색 수채가 섞이는 광대한 하늘과 아직도 눈 뜨지 않은 검은 대지. 고

흐의 그림에서 꺼내온 듯한 선명한 색상들이 눈앞의 모든 것을 채운다. 하늘이 밝아지면, 이번엔 대지가 움직인다. 길 양쪽으로 무한히 이어지는 밀밭이 쏟아지는 아침 햇살에 환희하며 몸을 떨고 불타오르듯 황금색으로 물들어간다. 맥주의 바다가 출렁이는 것 같다. 대지와 하늘. 일본에서는 결코 볼 수 없는 대담한 세계의 2등분. 그 사이에 몸을 두고 꾸준히 걸음을 옮긴다.

"포르 케 카미노스 투Por qué caminos-tú?"(왜 이 길을 걷니?)

이 길에서 다른 순례자들과 만났을 때, 반드시 듣는 질문이 이것이다. 최근 3일 동안만 해도 식사하는 자리에서, 길에서, 얼굴을 마주친 사람들로부터 몇 번이나 이 질문을 받았다. 하지만 솔직히, 뭐라 대답하면 좋을지 알 수 없었다.

"하던 일이 잘 되지 않아서. 그래서 앞으로 어떻게 하면 좋을까 생각하고 싶어서……."

왠지 대답하는 데 자신이 없다. 한심한 내 모습을 보여주고 싶지 않아서이기도 했다. 무엇보다, 공황장애는 영어로 뭐라고 해야 되지?

어깨가 들썩일 정도로 거친 숨을 내쉬며 산길 중간에 주저앉아 쉬던 중 초로의 미국인 여성을 만나 함께하게 됐다. 조안나, 65세. 미국 켄터키 주에서 홀로 이 길을 찾았다고 한다. 또렷하고 큰 눈과 코에 계란형 얼굴. 한눈에 봐도 젊었을 때 상당한 미인이었음을 짐작할 수 있다. 왜 이 길을 걷는지 묻는 내 말에 조안나는 한 마디로 대답했다.

"남편이 3년 전에 세상을 떠났어."

입술에 칠한 선명한 붉은 립스틱처럼 온 힘을 다한 확실하고 담담한 말투였다.

이 길은 왠지 파트너와 사별한 사람이 많이 찾아온다. 소중한 사람을 떠나보낸 마음을 정리하는 데 '걷는다'는 행위가 도움이 되는 걸까. 결혼도 사별도 경험해보지 못한 나로선 아직 알 수 없다.

"내 가방을 마련하고 싶어졌거든." 조안나가 말을 이었다.

"내 가방요?"

"지금까지 난 남편과 여러 곳을 여행했어. 애리조나의 오지, 멕시코의 대자연, 로키 산맥. 행선지를 정하는 건 항상 남편이 했지. 항상 두 사람분의 가방을 챙겼었어. 내게 필요한 게 전부 들어 있는. 하지만 그런 그가, 이젠 없어."

조안나는 눈을 내리깔았다. 주름투성이인 그녀의 눈꺼풀이 치마의 주름이 흔들리듯 부드럽게 떨린다. 마치 언제든 그때의 일을 떠올릴 수 있다는 듯한 표정으로.

"3년 동안 울기만 했지. 집 밖으로 나가지 않아서 친구도 줄어들었고. 하지만 어느 날 깨달았단다. 아, 더 이상 내 가방을 챙겨줄 사람은 없겠구나 하고. 난 스스로에게 타일렀지. 조안나, 언제까지 슬픔에 빠져 있을 거야? 앞으로 네 가방은 네가 챙겨야지. 그렇게 제일 먼저, 이 길을 찾은 거야."

조안나는 말하곤 방긋 웃었다. 아주 짧은 흰머리가 레이스처럼 투명하게 나무 사이로 흘러나온 햇빛을 통과시킨다. 커다란 나무들 사이에서 그녀의 자그마한 체구가 확실히 존재감을 더한다.

"여자는 언제든지 강해질 수 있잖아. 그렇지?"

나는 고개를 끄덕였다. 과연 반론을 할 수 있을까? 예순이 훌쩍 넘은 지금 800km에 이르는 길을 홀로 걸어가려 하는 이 노부인의 말에.

조안나는 날개 돋친 듯 가벼운 발걸음으로 산길을 올라간다. 그 뒷모습이 모든 것을 이야기해준다. 그녀를 막는 건 이제 아무것도 없다고. 그런 상태가 되었을 때 사람은 몇 살이건 상관없이 아이처럼 보인다.

오후 3시, 겨우 다음 마을인 수비리에 도착했다. 다 왔다는 안도감에 문득 몸이 무거워진다. 아쉽게도 숙소는 만원이었지만 사용하지 않는 스포츠클럽 체육관을 개방해준다는 모양이다. 줄을 서서 5유로짜리 매트리스권을 손에 넣었다. 이걸로 겨우 한숨 돌렸다.

수비리는 작고도 작은 마을이라 슈퍼마켓 하나와 바 몇 개가

다. 저녁 식사로 바에서 간단히 타파스Tapas (소량으로 즐기는 스페인 전채요리)를 먹었다. 스페인풍 감자 오믈렛, 매콤한 초리소. 소금기 강한 양념은 땀을 흘린 뒤

에 먹기에 딱 좋다. 거기다 하루 종일 걸은 뒤에 마시는 맥주는 물론 혼자 먹어도 최고!

밤 9시가 넘은 시간, 체육관은 100명 가까이 되는 순례자로 북적이고 있었다. 딱딱한 매트리스를 휘청휘청 옮기며 잠들 준비를 하고 있자니 곤란한 얼굴을 한 조안나가 찾아왔다.

"매트리스권을 잃어버렸어. 어쩌면 좋니."

고령자가 얼어붙은 바닥에서 자는 건 너무하다. 망설인 끝에 내 매트리스권을 주기로 했다. 어쩔 수 없으니. 침낭이 좀 얇지만 파카와 겉옷을 껴입으면 어떻게든 되겠지. 조안나는 기쁜 얼굴로 땡큐, 땡큐를 거듭한다. 그 소리를 들은 다른 미국인 아줌마의 제

안으로 매트리스 두 장을 세로로 붙여 세 명이 누워 자기로 했다. 평소 사람과의 만남을 피하던 내가, 이렇게 방금 만난 사람과 함께 하다니 신기하기만 하다.

콘크리트의 차가운 어둠 속으로 사람들의 코 고는 소리가 울려 퍼진다. 항구에서 북적대는 배들이 삐걱거리듯 규칙적으로 빈틈없이. 문득 옆을 보니 조안나의 주름투성이 하얀 뺨이 내쉬는 숨과 함께 희미하게 떨리고 있다. 낯선 사람의 잠자는 얼굴. 난 지금 어디에 있는 걸까. 문득 아무것도 알 수 없다는 생각이 들며 의식이 잠 속으로 녹아 들어갔다.

성스러운 길과 홍합의 축복

팜플로나
Pamplona

●
앞으로
··· 712 km

수비리에서 팜플로나까지 21.7km의 길은 어려움 없이 걸었다. 순례길은 세 구간으로 나뉘어 있다고 한다. 제1부인 생장에서 그라뇽까지 215km는 '몸의 길'. 그라뇽에서 레온까지 245km는 '머리의 길'. 레온에서 성지 산티아고까지 300km는 '영혼의 길'.

순례자들은 먼저 피레네 고개로 완만한 산길이 이어지는 첫 구간에서 몸의 괴로움을 맛보며, 자신의 한계와 마주하게 된다. 다음으로 이어지는 평지가 많은 그라뇽에서 레온 사이는 생각을 하기에 안성맞춤. 걷는 것에도 익숙해져 사색에 집중할 수 있다. 마지막으로 레온에서 성지까지의 여정에선 육체로부터도 사고로부터도 멀어져 영혼의 정화를 맛보게 된다.

그렇구나, 확실히 이 구간은 '몸'의 구간이라 부를 만하다. 막 걷기 시작한 사람들에게 마지막 며칠간은 자신의 몸과 이야기를 나누며 어떤 페이스로 걸을지 감을 잡기 위한 중요한 시험 기간일지도 모르겠다.

그건 그렇고 이렇게 무거운 짐을 등에 짊어지고 걷는 게 대체 얼마 만이던가. 일본에 있을 땐 말도 안 되게 약골이었다. 정장을 입고 걷고 있자면 금방 피곤해지고, 전철 안에서는 앉을 자리를 찾느라 바빴다. 하지만 여기엔 전철처럼 기댈 차가운 손잡이도, 딱딱한 타일 바닥도 없다. 항상 지면에서 5cm 정도 붕 떠 있는 몸이 탄탄하게 지면에 발을 디딘다. 한 걸음 내디딜 때마다 운동화 바닥에서 느껴지는 부드러운 흙의 감촉이 내 몸의 윤곽을 떠올리게 한다. 그러고 보니 일본에서 민속학 공부를 하고 있는 영국인 친구가 이런 말을 한 적이 있다.

"신체의 자기 인식이란 문화에 따라 다르다고 생각하는데, 내 생각에 일본인은 자신의 발바닥을 신체의 일부라고 생각하지 않는 것 같아. 일본인에겐 발바닥까지가 지면인 거지."

과연 그렇구나. 옛날엔 줄곧 지면과 가까운 생활을 하고 있었는지도 모르겠다. 바쁘게 에스컬레이터를 타고 올라가거나, 하이힐을 신고 아스팔트를 걷는 생활을 하는 바람에 잊고 있었지만 언제든 우리는 발바닥까지 대지와 이어져 있는 것이다.

수비리에서 팜플로나까지 걷는 도중 스페인 사람인 에바와 만났다. 에바는 바르셀로나 출신의 42세 여성. 이혼한 남편과의 사이에서 일곱 살과 다섯 살짜리 아이를 두고 있다. 현재는 남편과 매주 서로의 집에 들러 교대로 아이들을 키우고 있다고 한다.

"열흘 정도 일을 쉴 수 있어서 두 아이를 아빠에게 맡기고 순례길을 찾았지. 이렇게 짧은 휴가 때마다 조금씩 걸어서 성지까지 도착할 생각으로 말이야. 로그로뇨에선 파티를 하자고!"

그렇게, 나이를 전혀 느끼지 못하게 하는 미소를 띠며 에바는 말했다. 최근 3일간 만난 스페인 사람들은 다들 아주 밝다. 다른 순례자에게 이런 이야기를 들었다.

"영국이나 독일인 같은 게르만계 사람들은 모두들 괴로워 보이는 얼굴로 담담히 걷지. 그에 반해 스페인이나 이탈리아 등 라틴계 민족들은 아침 늦게 출발해 여유 있게 경치를 보며 걷고, 충분히 맛있는 식사를 즐기며 수다를 떨고, 오후 낮잠을 잔 뒤 밤에는 와인을 마시고 잠들어. 출신이 다른 걸 확실히 알 수 있지."

확실히 그렇다. 그들은 대낮부터 호쾌하게 마시고 호쾌하게 먹으며 호쾌하게 웃는다. 오후에는 와인을 한 손에 들고 일광욕. 밤에는 질리지도 않는구나 싶을 정도로 늦게까지 담소. 노인이든 아줌마든 아저씨든 '나는 나!'라는 생각을 갖고 살기에 근심이 없어 보인다.

"물론, 가장 중요한 건 아이들이지만 내 인생이 아이들의 인생보다 중요하지 않을 리 없잖아. 나도 아직 젊으니 여러 선택지가

있어. 나는 내 인생을 살아야지. 내가 행복해야 아이들도 행복한
거야!"

발렌시아 오렌지 같은 에바의 웃는 얼굴. 내가 행복해야 가족
도 행복하다는 사실을 지금껏 생각해본 적이 없었다. 스페인 사람
들도 이혼율이 높다. 실업률도 높다. 하지만 모두 그렇게까지 심각
해 보이지 않는 건 사회복지가 충실한 국가이기 때문일까. 남자도
육아에 쏟는 시간이 충분하기 때문에 가능한 선택지일까.

이런저런 생각을 하다보니 드디어 우리도 팜플로나에 도착했
다. 팜플로나는 나바라 주의 수도. 로마인들의 손으로 기원전 1세
기에 세운 오래된 마을이다. 로마인이나 바스크인, 무어인들의 민
족 간 대립의 무대가 되었던 장소이기도 하다. 평온하게 하늘까지
뻗어나가는 오렌지색 목초 지대부터 시작해 투명하게 빛나는 녹
색 가로수가 선 아름다운 산책길을 걷다보면 이윽고 거대한 성벽
에 도착하게 된다. 팜플로나를 그 옛날 외부의 적들로부터 지키던
중세의 요새다. 비로 색이 바랜 빨간 벽돌이 길을 동그랗게 감싸고
있다.

문을 빠져나가니 팜플로나의 구시가지가 나타났다. 소몰이 축
제 때 투우가 달려 나가는 걸로 유명한 메인로드를 따라 올라간다.
거미줄처럼 섬세하게 짜인 길 위에는 보기만 해도 즐거운 상점과
식료품점, 바가 촘촘하게 늘어서 있어 지루할 틈이 없다. 빨간 파
프리카 통조림, 천장에 매달려 있는 거대한 말린 대구, 마차 가득
넘치는 아티초크(엉겅퀴과 다년초로 꽃봉오리를 먹을 수 있음), 아름답

게 진열되어 있는 치즈 블록, 겹겹이 쌓인 소시지, 살라미(이탈리아 식 소시지), 벽 한 면에 늘어선 와인. 문득 위를 올려다보면 아름다운 꽃들이 가득한 창문 너머로 빨래가 휘날리고, 노인들이 한 손에 지팡이를 짚은 채 발코니에서 거리를 내려다보고 있다.

나와 에바는 곧바로 건배를 나눴다. 무거운 짐을 보관할 장소와 잠잘 곳은 어디로 할지는 일단 뒤로 미루고. 지금 우리들에게 필요한 건 축배를 드는 것, 아픈 발에 휴식을 주는 것 그것뿐이다.

푹푹 찌는 듯한 날씨 아래 와인을 단숨에 들이켜며 안주를 입에 꽉 채운다. 바스크 지방에서는 핀초스라고 부르는 얇은 토스트에 토핑을 얹은 가벼운 음식이 나바라 주에서는 '타파스'로 통한다. 스페인 다른 지역에서는 타파스가 널리 쓰인다. 양념한 홍합과 파프리카를 곁들인 것, 주키니(서양 호박으로 애호박보다 좀 더 크고 통통하다)를 튀겨 오징어와 함께 꼬치로 꽂은 것. 어패류와 야채의 조합이 어쩌면 이렇게 맛있을까.

하지만, 이게 화근이었다. 몇 시간 뒤 난 지옥을 경험하게 된다.

"말도 안 돼, 아직도 만실이야!?"

기분 좋게 취해 알베르게에 도착한 나를 기다리고 있던 건 '만실'이라고 적힌 표지판이었다. 팜플로나의 공영 알베르게는 100여 명이 숙박할 수 있는 대형 숙소. 하지만 사람이 많은 시기라서인지 오후 1시 반인데 빨리도 꽉 차버린 모양이다.

무거운 짐과 아픈 다리를 이끌고 얻어온 지도 하나를 손에 든

채 사설 알베르게를 돌며 에바와 반씩 나눠 마구 전화를 돌렸다. 서투른 스페인어로 어떻게든 의사소통을 시도해봤지만 좀처럼 방을 찾지 못했다. 시간은 이미 3시 반. 겨우 싱글베드가 있는 도미토리를 하나 찾았지만 네 명이 묵는 방인데도 20유로나 했다. 이 정도 금액이면 교외 호스텔 방 하나를 빌리는 금액과 별반 다르지 않잖아.

"에바, 제가 양보할게요. 전 앞 마을로 갈게요."

나는 할 수 없이 4.5km 앞에 있는 마을, 시주르 메노르로 가기로 했다. 스페인의 오후 햇볕은 강렬하다. 방울방울 떨어져 내리는 땀이 파운데이션과 선크림을 씻어낸다. 모두들 이걸 피하기 위해 아침 해가 뜨기 전부터 숙소를 나와 오후 1시엔 다음 숙소에 들어가는 것이다. 몸 상태가 이상하다고 느낀 건 팜플로나 거리를 나와 2km 정도 걸었을 무렵이었다.

"윽…… 토할 것 같아……."

갑자기 위장 저 아래에서부터 구토가 솟구쳐 올라와 까딱하면 쓰러질 뻔했다. 눈앞이 어지럽다. 두통도 느껴지는 것 같았다. 열사병인가 싶었지만 이상 증세는 머리끝에서보단 안에서부터 밀려오는 느낌이었다. 배 속이 고속 스크루 드라이버처럼 빙빙 돌며 무언가를 토해내려 했다. 쓰러질 것 같은 기분을 억누르며 어떻게든 걸음을 내딛어보지만 똑바로 걸을 수가 없었다. 주변에는 아무도 없다. 넓게 펼쳐진 대지와 투박한 울타리가 끝없이 이어질 뿐. 위험하네, 이건 대체 무슨 일일까.

마음에 짚이는 게 있었다. 점심으로 먹은 홍합 타파스. 그게 바의 카운터에 진열되어 있을 때 직사광선을 받는 위치에 있었던 게 묘하게 신경이 쓰였었다. 먹을 때도 뭔가 이상한 맛이 났다. 그런데 왜 전부 먹어버린 걸까. 에바는 지금 괜찮을까.

강한 태양빛은 조금도 멈출 기세를 보이지 않고 구토감을 부채질했다. 운 좋게도 그때 택시 한 대가 저쪽에서 오는 게 보였다. 온 힘을 다해 손을 흔들어 차를 세웠다. "알베르게! 넥스트!" 조금이라도 입을 열면 토해버릴 것 같은 상황에서 겨우 그 말밖에는 외칠 수가 없었다. 택시 운전사는 당황하는 내 모습 따윈 신경 쓰지 않고 여유롭게 라디오 채널을 돌려가며 천천히 차를 돌린다. 이 길이 평지라 다행이다. 만약 산길이었다면 굴곡 때문에 차 안에서 있는 대로 다 쏟아버렸을 거다.

시주르 메노르는 팜플로나와는 전혀 다른 한산한 교외 마을이었다. 택시에 배낭을 그대로 둔 채 알베르게로 돌진한다. 프런트에 있던 호스피탈레라에게 혼신의 힘을 짜내 부탁했다.

"돈데 에스타 엘 바뇨dónde está el baño? 메 시엔토 말Me siento mal!" (화장실은 어디 있어요!? 토할 것 같아요!)

스페인어는 대학교 1학년 때 수업에서 이수한 이후 특별히 공부한 적이 없는데 위기란 사람의 저력을 끌어내는 법인가보다. 나는 처음으로 유창한 스페인어를 쓰며 도움을 청했다.

그녀는 느긋한 모습으로 "어머나, 큰일이네. 조금만 기다려" 하고 말하더니 뒤로 사라졌다. "젠장, 여기든 저기든 스패니시 타임

이군!"

"체했을 땐 가스를 빼주는 콜라가 잘 듣지. 이걸 마셔봐."

다시 나타난 그녀는 그렇게 말하며 콜라를 컵에 따르더니 빙빙 난폭하게 스푼으로 휘저으며 나에게 내밀었다. 이런 말은 처음 듣는데? 금방이라도 몸속에서 음식물들이 역류할 것 같아 죽겠는데 오히려 역효과가 아닐까? 것보다 이건, 아직 탄산이 가득한데? 그런 생각을 하며 일단 마셔봤다. 사나운 카페인, 요동치는 탄산에 자극받은 위는 맥없이 백기를 들었고 나는 알베르게 앞 메마른 토지 위에 홍합의 잔해를 대량으로 쏟아냈다.

Take your time! 서두르지 마!

푸엔테 라 레이나
Puente la Reina

•
앞으로
··· *689 km*

그로부터 이틀 내내 끊임없이 화장실 물 내리는 소리를 이어가며 두루마리 휴지 한 통을 다 쓴 뒤에야 내 위장의 반란은 겨우 진정됐다. 가까스로 몸을 회복한 나는 비교적 큰 마을인 다음 행선지 로그로뇨를 향해 서둘러 출발하기로 했다. 팜플로나에서 로그로뇨까지의 길은 작은 산과 광대한 해바라기 밭, 목장 지대를 넘어가는 기복이 심한 길이다. 가는 길에 푸엔테 라 레이나나 에스테야 같은 역사적으로 의미가 있는 작은 거리나 마을을 몇 개나 통과한다. 푸엔테 라 레이나는 프랑스에서 뻗은 여러 갈래의 길이 합류해 '프랑스인의 길'로서 한 길로 합쳐지는 곳이다. 늘어선 귀족들의 석조

저택이 로마네스크 시대의 흔적을 간직하고 있다. 11세기 초, 나바라의 왕비가 만든 '푸엔테 라 레이나(왕비의 다리)'가 유명하다. 물이 풍족한 초록빛 강에 백악의 다리가 여성의 팔처럼 탄력 있는 아치를 그리고 있다. 몇 백 년도 전부터 계속 서 있는 높고 높은 교회의 첨탑이 울퉁불퉁한 돌층계에 복잡한 그림자를 드리운다.

그곳을 넘어가면 다음 마을이 에스테야. '에스테야(별)'라는 이름의 유래는 11세기 초, 별에게 이끌려온 양치기들이 별이 내려온 곳에서 묻혀 있던 성모상을 발견했다는 전설로부터 왔다고 한다. 그 앞의 이라체 수도원에는 와인 창고가 있어 공짜로 와인을 마음껏 마실 수 있다. 순례길 코스 중에서도 유명한 장소다. 수도꼭지를 틀면 기세 좋게 와인이 흘러나온다. 한 병 가득 와인을 채우거나, 여기저기서 술잔치를 벌이는 등 사람들은 다양하게 와인을 즐긴다. 하지만 나로선 최근 3일간은 경치를 즐길 여유따윈 생각할 수도 없었다.

이틀을 낭비한 까닭에 얼굴을 아는 사람들은 모두 먼저 가버리고 말았다. 새롭게 만난 순례자들은 이미 그룹을 짓기 시작했지만 난 좀처럼 그들 안으로 들어가지 못하고 있었다. 뒤처져 되돌아온 기분이다. 뒤처진 만큼 서둘러 쫓아가야 하는데. 조급한 마음에 사로잡혀 그저 땅만 보며 끊임없이 걷기만 했다.

"이봐, 너무 서두르지 마!"

갑자기 누군가가 나를 불렀다. 에스테야를 출발한 날 아침이었다. 목초 지대 한가운데. 경치를 즐길 겨를도 없이 묵묵히 걷다 놀라서 고개를 들어보니 바로 옆에서 몸집이 큰 백인 여성이 내 얼굴을 들여다보고 있었다.

"어제도 굉장한 속도로 걷고 있던데? 계속 보고 있었어. 오늘 아침에도 5시에 일어났잖아."

미국인일까. 금발이 바람에 휘날리고 있다. 여자들을 대상으로 한 연속극에 등장할 법한, 한껏 커리어 우먼 같은 분위기를 풍기는 날카롭고 도도한 얼굴. 언제 따라잡힌 걸까. 바닥만 쳐다보며 다급히 전진하기만 했으니 주변에 사람이 있는 것을 전혀 눈치채지 못했다 해도 놀라운 일은 아니다. 내가 어지간히도 험상궂은 표정을 하고 있었던 모양이다. 상대도 거기에 동화된 듯 화가 난 얼굴이다. 깜짝 놀란 나에게 그녀는 자기소개를 했다.

"리타라고 해. 어제도 그저께도 같은 도미토리에 묵었는데. 기억 안 나?"

또박또박한 말투에 엄한 표정과는 반대로 그녀의 크고 옅은 푸른 눈은 신기할 정도로 상냥한 모습을 하고 있다. 예쁘게 튀어나온 이마에는 총명한 말들이 가득 담겨 있을 것 같았다.

"뭘 그렇게 초조해하는 거야? 알베르게 침대를 혼자 다 차지하고 싶기라도 한 거야? 그렇게 별것도 아닌 침대를? 혹시라도 숙소가 다 차면 바닥에서 자면 되고, 노숙을 해도 괜찮잖아. 이 길에 위험한 건 아무것도 없잖아!"

나는 입을 다물 수밖에 없었다. 그녀가 말한 대로다.

"너는 아직 다른 사람들이 사는 시간에 이끌려가고 있는 거야. 도시의 분주하고 주위 사람에게 좌우되는 그 시간 그대로. 하지만 그러면 몸이 망가지잖아?"

확실히 요 며칠간 급격하게 걷는 거리를 늘리는 바람에 다리에 이상 신호가 왔다. 고관절이 근육통과는 다른 아픔으로 비명을 지르고 있었다. 2층 침대에 올라가는 것조차 힘들 지경인데도 기력만으로 어떻게든 해보겠다며 다리를 무리하게 끌며 걷고 있었던 것이다. 걷는 건 딱히 숙제도, 의무도 그 무엇도 아닌데.

"도시에서 생활할 땐 자기 리듬에 따라간다는 게 아무래도 어려워지지. 모두가 말하는걸. 더 빨리, 더 효율적으로! 하고. 하지만 이 길은 달라. 서두르든 천천히 가든 어차피 도착할 장소는 같으니까. 서두른다고 찾을 수 있는 건 아무것도 없어. 오히려 소중한 걸 못 보고 지나치게 될 가능성이 커지지. 필요한 건 'Take your time' …… 그것뿐이야."

"Take your time!"(서두르지 마!)

이 길에 온 뒤로 몇 번이나 들은 말인가. 주변에 맞추려고 조급해할 때, 세탁 장소를 점령당했을 때, 바에서 계산을 하려다 당황스러운 상황에 처했을 때. 이 말을 듣는 것만으로도 초조함이 사라지며 기분이 맑아졌다.

리타는 캘리포니아 출신의 45세 여성. 병이나 사고로 신체에 장애가 온 사람들을 위해 봉사활동을 하는 테라피스트다. 순례는 두 번째. 젊은 시절엔 증권회사에서 바쁘게 일하는 커리어 우먼이

었다고 한다. 하지만 몸이 망가져 은퇴한 뒤 끝없는 절망을 경험하고 나서는 이 길을 걷자는 생각에 몇 년 전 첫 순례를 나섰다.

"내가 열심히 일한 건 실패하는 게 두려웠기 때문이야. 젊은 시절에 이혼을 하기도 했고, 내게는 오직 일뿐이었어. 이것도 안 된다, 저것도 안 된다, 채식을 해야지, 운동을 하러 다녀야지, 일을 완벽하게 해내야지 다음 파트너는 멋진 사람을 골라야지…… 그렇게 생각하면서."

리타의 말을 잘 이해할 수 있었다. 일본에 있을 때 나는 말도 안 되게 초조해했다. 함께 입사한 동기들보다 조금이라도 더 좋은 평가를 받고 싶어서. 친구들보다 더 좋은 남자친구를 사귀고 싶고, 친구를 많이 늘리고 싶고, 페이스북에 글을 쓰면 '좋아요'를 최대한 많이 받고 싶고. 그래서 공기 인형처럼 이상적인 나를 만들어내, 그걸로 승부를 걸려고 했다. 시원시원하게 다른 사람들과 발맞춰 협조하는 나. 눈치가 빠른 나. 다른 사람보다 먼저 생각하고 답을 내는 나. 그러지 않으면 O와 X 중 X쪽으로 금방이라도 분류될 것 같았다. 사회가 만들어놓은 틀 속에서 떨어져 나가버릴 것 같은 기분이었다.

"올라간다는 건 정말 기분 좋은 일이야. 더 빨리! 더 위로! 하고. 사회의 맹렬한 바람에 휩쓸려 증폭된 힘에 실려가는 기분이지. 주변을 둘러볼 겨를도 없이 점점 높이 올라가니까. 하지만 문득 바람이 멈췄을 때 눈치채게 돼. 실은 전혀 내가 원한 적 없는 장소에 와 있다는 사실을."

하지만 그렇게 조급해하면 할수록 난 텅 빈 채로 회전하고 있
었다. 회사에서 무리해 '좋은 인상'을 연기하는 만큼, 집에 돌아가
면 허탈한 기분이 쓰나미처럼 몰려와 휴일엔 흙탕물처럼 엉망진창
이 된 채 잠만 잤다. 내가 공황장애에 빠진 이유는 일 때문이 아니
라 타인에게도 자신에게도 거짓말을 하고 있었기 때문이었는지도
모른다.

곧 다음 마을인 로스 아르코스에 가까워졌다. 나와 리타는 목
초 지대 한가운데 쌓인 목초 더미 위로 올라가 휴식을 취하기로 했
다. 리타가 물통을 꺼내 카페 콘 레체(스페인식 카페라테)를 따라주
었다. 따뜻한 김과 우유의 달콤함 덕분에 추운 바람에 움츠러들었
던 몸이 한결 부드러워졌다. 주변을 둘러봤다. 아침 9시. 해가 완전
히 뜨기 전의 마지막 한 순간. 아침노을이 점점 푸르름을 더하며
밤 구름의 흔적이 사악 하고 한 겹 쓸어낸 것처럼 하늘 저 멀리로
하얗게 물러나 있다. 그 아래는 목초의 바다. 황금의 파도가 아침
바람을 맞으며 멀리까지 달려간다. 줄곧 땅만 보고 걸어와서 눈치
채지 못했다. 조금 위에서 바라보니 이렇게도 예쁜 풍경이 펼쳐지
는구나…….

문득 뒤돌아보니 가늘고 구불구불한 길 위에 다른 순례자들의
모습이 점점이 보인다. 나와 리타가 걸어온 길이다. 빨강, 오렌지,
파랑…… 컬러풀한 점들이 겹쳐지며 황금의 바닷속에서 이쪽을 향
해 천천히 다가오고 있다. 모두들 한 걸음 한 걸음 자기 페이스를
지키며.

"나 혼자가 아니었네……."

줄곧 나 자신만 보고 있어 눈치채지 못했다. 어쩌면 나만의 페이스란 건 혼자 조급해할 땐 알 수 없는 것인지도 모른다. 심호흡을 하고 주변을 보고. 그때 처음으로 나와 세계가 일치해 삶의 페이스가 보이는 것인지도 모른다.

나는 리타에게 일을 그만두고 앞으로 무엇을 할지 고민하고 있다고 털어놓았다. 미래가 보이지 않아 초조한 마음. 그리고 앞으로 내가 사회에 받아들여질 수 있을지 불안한 마음…….

"급하게 서두르지 않아도 돼." 리타는 말했다.

"그러다보면 분명 너의 페이스와 사회의 페이스가 같아질 때가 올 거야. 미유키, 네가 걷고 있는 건, 그 무엇도 아닌 너만의 길이거든."

안정과 자유, 어느 쪽이 당신의 길?

로그로뇨
Logroño

●
앞으로
··· *617 km*

카미노의 즐거움 중 하나는 바로 바^{Bar}다. 음료와 술을 함께 파는 스페인의 독자적인 문화로 밤에는 술집, 낮에는 레스토랑 역할을 한다. 여기서 종일 수다를 떠는 게 스페인 사람들의 낙이다. 순례자들에겐 귀중한 화장실, 정보 수집, 곤란할 때 찾아올 수 있는 피난처이자 과자부터 물, 반창고까지 무엇이든 갖춘 편의점 같은 존재이기도 하다. 아침은 크로와상에 카페 콘 레체, 점심은 거대한 샌드위치 보카디요가 일반적인 메뉴. 마을에 도착할 때마다 바에 들러 사람들과 이야기를 나누는 것이 순례자들의 사교다.

그 바의 즐거움을 한껏 느낄 수 있는 곳이 오늘 도착한 도시 로그로뇨다. 미식의 마을로 알려져 순례자 외에도 수많은 관광객이 몰려든다. 산후앙 거리, 라우렐 거리 등과 같이 유명한 바 스트리트에는 전통을 간직한 바들과 새로 생긴 유명 바들이 늘어서 색다른 취향의 타파스와 지역 명물 리오하 와인으로 사람들을 유혹한다. 패션지에 실릴 법한 흰색과 검정을 기조로 한 모던한 가게에는 제철 음식으로 만든 타파스가 유리그릇에 예쁘게 담긴 채 진열장에 죽 늘어서 샹들리에 빛을 받으며 반짝인다. 좁은 스툴에 앉아 있으니 순례 중이란 사실을 잊을 것만 같다. 마을에 들르면 입을 생각으로 원피스를 한 벌 준비해오길 정말 잘했다.

옆 가게에서는 낡은 텔레비전이 폭발할 정도로 커다란 소리로 축구 중계를 틀어놓고 뚱뚱한 아저씨들이 뭉게뭉게 담배 연기를 내뿜으며 자기 지역 팀들을 응원하는 데 열중하고 있다. 그 열광하는 모습이 의자도 테이블도 부숴버릴 기세. 양의 귀로 만든 프리터(튀김)와 내장 조림은 기괴하긴 하지만 무척 맛있었다. 바를 여기저기 옮겨 다니는 걸 '치키테오'라고 하는데 이 마을을 찾는 사람들은 늦은 밤까지 치키테오를 즐긴다.

치키테오 도중 캐나다인 커플을 만났다. 대학교수인 나탈리는 67세. 캐나다 중서부에 있는 서스캐처원 주의 소도시에서 여섯 명이 룸셰어 생활 중. 같은 나이의 파트너인 팀과는 20년 가깝게 알고 지낸 사이로 귀국한 뒤에는 함께 환경 활동에 참여할 예정이라고 한다.

처음 두 사람을 봤을 땐 분명히 부부일 거라 생각했다. 그래서

나탈리에게 "당신 남편은……"이라고 물었는데 "남편이 아니라 파트너야!" 하고 말하기에 깜짝 놀랐다.

"팀과는 한 번 혼인신고를 한 적이 있지만 잘 맞지 않아서 그만 뒀어. 그렇게 하는 게 더 나다운 거란 생각이 들어서!"

이 길에 오기 전 나는 대학 1학년 때 친하게 지내던 선배를 만났었다. 선배는 대형 은행에 취직했고 몇 개월 전에 결혼을 약속한 사람이 있다는 이야기를 전해들은 뒤였다. 검은 양복을 차려입은 선배는 무작위로 라켓을 휘둘러대던 학생 시절 모습에선 상상조차 못 할 정도로 완벽하게 '이제 곧 가정을 꾸릴 훌륭한 사회인'이 되어 있었다. 그런 선배를 보며 일도 안 하고 멍하니 시간만 보내고 있는 내가 어쩐지 굉장히 어린애 같다는 생각이 들었다. 함께 식사하면서도 손이 떨릴 정도로 불안했다. 그때, 선배가 문득 내뱉은 한 마디에 테이블 위를 방황하던 젓가락이 멈췄다.

"미유키는 잘 모르겠지만 스물다섯 살쯤 되면 주변 사람들이 점점 결혼하기 시작해서 초조해진다고. 내 주변을 둘러봐도 혼기를 놓쳐 일밖에 안 남은 여자들에 비해 결혼해 아이를 갖고 가정 안에서 사는 쪽이 더 행복하다고 해."

사이좋게 지내던 선배의 입에서 그런 말이 나왔단 사실이 충격적이었다. 우리 엄마는 싱글맘이다. 왠지 나와 함께 엄마까지 굴욕을 당한 기분이 들었다. 하지만 나는 선배에게 그 자리에서 반론을 할 수 없었다. 줄곧 평온한 기반 위에 사는 것. 그 가치를 확신하는 사람의 굳건한 표정. 그 행복함에 손톱을 세워 할퀴는 일을 할 순

없었던 것이다. 왠지 그러는 나 자신이 '나쁜 사람'처럼 느껴졌다. 그래서 그저 묵묵히 선배의 이야기를 듣기만 했다. 캔캠CanCam(일본의 인기 패션잡지)을 장식하는 그라비아 아이돌처럼 완벽한 웃음을 띤 채로.

그때 화를 내는 게 좋았을까? 자신의 기준만으로 타인의 행복을 재단하는 폭력에 대항하는 게 나았을까?

나탈리가 나에게 물었다.

"자유와 안정, 어느 쪽이 네 길이니?"

떠오르는 대로 바로 대답했다.

"물론, 자유로운 길."

그러자 나탈리는 최고의 미소를 지으며 이렇게 대답했다.

"당연히 나도 그래!"

자유로운 길, 이라고 즉시 대답할 수 있었던 건 내가 젊고 아직 결혼도 출산도 경험하지 않았기 때문이다. 나의 세 배나 되는 세월을 살아온 나탈리가 그 나이가 되어서도 망설임 없이 그렇게 확실한 대답을 할 수 있다는 사실에 놀랐다.

"자유로운 길에서 안전한 길로 가는 바이패스(우회 도로)는 없는 건가?" 하고 물으니 나탈리는 쾌활하게 말했다.

"있지, 결혼이라는 길이. 하지만 내게 그 선택지는 없을 거야. 평생!!"

인생의 산과 계곡을 뛰어넘고, 나아가 망설임 없이 '자유를 위한 길!'을 외치며 소녀처럼 반짝이는 눈으로 경쾌하게 걷는 나탈

리. 그녀의 미소에 정해진 규칙 같은 건 없었다. 무리하게 밀어붙이려고 하면 뚝 하고 부러져 날아갈 것만 같았다. 나는 60대 후반의 나이가 되었을 때 과연 그렇게 웃으며 '자유로운 길!'이라고 확실히 말할 수 있을까. 오늘로 겨우 순례길의 4분의 1이 끝난 상황. 대답을 얻기엔 아직 이르다.

도망쳐도 돼

비야프랑카 몬테스 데 오카
Villafranca Montes de Oca

앞으로
··· *520 km*

오늘은 순례 전반부 최고의 난관인 오카 산을 넘는 날. 오카는 표고 1,165m의 산이다. 오카라는 이름에도 불구하고(일본어로 '언덕'이라는 뜻) 험준함은 다카오 산(도쿄 하치오지 시에 있는 산. 표고 약 599m) 정도의 수준이다. 평탄한 아스팔트를 따라 이어지는 길은 산에 들어서는 순간 급경사로 변해 그 기세가 좀처럼 수그러들 기미를 보이지 않는다. 강렬한 기세로 빛을 내뿜는 신록의 나무들이 붉은 토지 위에 새까만 그림자를 늘어뜨리고 있어 끝없는 고행만 이어질 것 같은 분위기를 조장한다.

이렇게 아래를 쳐다보며 걷고 있으면 기분까지 점점 어두워진

다. 대체 이 여행을 끝낸 뒤엔 어떻게 해야 할까. 스페인에 왔다고 해도 난 일본에 있을 때와 마찬가지로 소극적인 모습 그대로다. 그렇다면 단순한 현실도피가 아닌가.

노란 화살표가 한동안 나타나지 않았다는 사실을 눈치챈 건 그런 생각에 몰두한 지 30분가량 지난 뒤였다.

"큰일났다! 길을 잃어버린 건가······."

아무리 조심한다 해도 길 곳곳에 있는 노란 화살표를 놓치는 일은 종종 일어난다. 특히 이른 아침엔 더욱 그렇다. 길의 분기점에서 뭔가 미묘한 방향을 향하고 있는 화살표를 앞에 둔 채 머리를 감싸 쥐고 고민해야 하는 경우도 적지 않다. '모처럼 여기까지 걸어왔으니까 좀 더 앞에까지 가보자'는 아쉬운 마음이 생겨 결과적으로 2~3km나 소모해버리는 경우도 많다. 이때의 나도 내 실수를 인정하고 싶지 않아 외고집이 되어 있었다. '조금만 더 걷다보면 분명히 화살표가 보일 거야.' 반은 기도하는 심정으로 점점 더 깊은 숲 속으로 들어갔다.

어두운 숲 속이라곤 하지만 햇빛이 강렬하다. 물도 벌써 다 마시고 없다. 소모되는 체력이 더욱더 울고 싶게 만든다. 난 그냥 걷기만 하는 일조차도 제대로 못 하는구나. 이러니 어딜 가도 쓸모없는 게지. 카미노에 오고 나서 어느 정도 무뎌진 절망감이 다시 몸 안에서 되살아난다. 괴로움에 무릎에 손을 얹고 주저앉아버리려던 때였다.

"어이. 너도 길을 잃어버린 거야?"

얼빠진 목소리가 숲 속에서 울려 퍼졌다. 길 저쪽에서부터 나타난 건 엄청나게 화려한 푸른 셔츠를 입고 수염을 풍성하게 기른 작고 뚱뚱한 아저씨였다. 그야말로 슈퍼마리오다.

"다행이다! 길을 잘못 들어서 다시 돌아왔거든. 이제 괜찮겠네. 같이 돌아가자."

만면에 웃음을 띠며 슈퍼마리오가 말했다. 스페인 지방에서 쓰는 스페인어보다 한결 부드러운 멕시코 방언이 나무들 사이로 메아리친다.

미겔, 35세. 저 멀리 멕시코에서부터 이 길로 왔다고 한다. 9형제 중 자기 외의 모두가 이 길을 벌써 걸었다고.

오랜만에 사람을 만나니 지금까지 잔뜩 곤두서 있던 긴장감이 한꺼번에 풀린다. 미겔은 길을 잘못 들었다는 사실을 전혀 눈치채지 못하고 3km 앞까지 걸었다고 한다. 생김새와 마찬가지로 어리바리하다고 해야 할까 씩씩하다고 해야 할까. 도합 6km를 낭비했는데도 낙담한 기색 없이 의기양양하게 왔던 길을 되돌아간다.

"멕시코인이 중요하게 생각하는 건 돈과 건강, 사랑이야. 그 외에 필요한 건 아무것도 없어. 일? 뭐, 돈이 들어온다면 그걸로 된 거야"라며 가볍게 말한다. 그러고는 아이패드를 꺼내 엄청난 소리로 헤비메탈을 틀어대기 시작하기에 그것만은 말렸다.

"포르 케 카미노스Por qué caminos?(왜 이 길을 걷니?)" 미겔도 당연하다는 듯 물었다. 멍한 그 얼굴을 보고 있자니 작은 고민을 안고 걷고 있는 내가 왠지 바보같이 느껴져 우물거리듯 조그만 목소리

로 대답했다.

"일을 그만둬서…… 다음에는 그만두지 않고 열심히 할 수 있는 일을 찾고 싶어서."

그랬더니 미겔은 얼빠진 목소리로 말했다.

"그만두면 왜 안 되는데?"

"일을 도중에 내팽개치는 건 도망치는 거잖아. 여러 사람에게 피해를 주게 되고. 난 도망치지 않는 사람이 되고 싶어."

미겔은 그 순간 무척 진지한 얼굴이 되었다.

"도망치는 게 뭐가 나쁜데!?"

너무도 큰 목소리에 깜짝 놀랐다.

"나도 사자를 만나면 도망칠 거야! 하지만 고양이라면 도망치지 않겠지. 너한테는 그 일이 사자였던 거잖아. 그렇다면 도망쳐도 괜찮아!"

문득 강렬한 그 말이 가슴에 닿아 눈물이 났다. 그렇구나, 내 몸을 지키기 위해선 도망쳐도 괜찮은 거였어.

"네게 이 길은 고양이 같은 거지? 그러니까 넌 여기에 온 거야. 그러면 도망치지 않는 게 좋겠지. 하지만 일은 달랐잖아? 내 크기와 상대의 크기를 비교해서 맞설 수 없다고 생각하면 그땐 도망쳐도 돼!"

줄곧 도망치는 건 나쁜 거라고 생각하고 있었다. '한번 도망치면 평생 계속 도망만 다니게 된다'든가 '3년 안에 그만두는 사회초년생은 바보다'라든가 남들이 하는 말만 머릿속에 쑤셔 넣고 그저 되뇌고 있었다. 싸우지 못하는 자신을 몰아세우는 데 열중한 나머지 난 그게 내가 싸울 수 있는 크기였는지 한 번도 생각해본 적이 없었다. 문제는 '도망치는 것'이 아니라 '도망치면 안 된다'는 말에 사로잡혀 상대를 제대로 보려고도 하지 않았던 나의 고지식함이었다…….

남의 말에 꽁꽁 묶여 딱딱하게 뭉쳐 있던 마음 한 켠이 안쪽에서부터 녹아내렸다. 하나씩 흩어진 조각들이 눈물이 되어 닦아도 닦아도 계속 떨어진다. 미겔은 갑자기 울음을 터트린 나를 보고 깜짝 놀란 것 같았지만 곧 두터운 손으로 천천히 등을 쓰다듬어주기 시작했다. 땀이 밴 손과 방긋방긋 웃는 얼굴이 덥고 답답하다고 생각했지만, 지금은 그저 고맙기만 했다. 길을 헤맸기에 만날 수 있었던 말. 가야 할 길에서 벗어난 이 숲에서 여기까지 떠안고 온 짐을 오늘에서야 겨우 조금은 땅에 내려놓은 기분이 들었다.

2.

한없이 초원을 걷는,
머리의 길

바벨탑에서 열린 연회

부르고스
Burgos

●
앞으로
··· 493 km

로그로뇨에서 부르고스까지 걷는 사이에 내게도 점점 친구들이 생기기 시작했다. 신기하게도 순례길을 걷고 있으면 점차 파장이 맞는 사람들끼리 비슷한 페이스로 통하게 된다. 매일 각자의 속도로 걷고 있어도 때때로 같은 숙소에서 만나거나, 길에서 스쳐 지나가며 얼굴을 마주하는 사이 점점 부담은 사라지고 그룹이 형성된다. 사람이 사람을 부른다. 걷는 거리가 늘어남에 따라, 또 같은 곳에 둘러앉아 식사하는 날들이 많아지면서 벽이 사라지고 나를 열어놓을 수 있는 상대가 늘어난다.

첫날 만난 한국인 여자아이와도 종종 얼굴을 마주하게 되었다.

희주, 23세. 취업 활동을 도중에 그만두고 이 길을 찾은 대학생이
다. 사람을 잘 따르고 누구와도 금방 격의 없이 지내는 성격 덕분
에 유럽 사람이 많은 이 길에서도 쉽게 섞여 들었다. 65세의 조안
나도 함께 걷는 동료다.

이날은 드디어 기대하고 있던 부르고스에 도착했다. 부르고스
는 순례길 굴지의 대도시. 세계유산인 종교 건축, 셀 수 없을 만큼
많은 바와 레스토랑이 있는 관광도시다. 부르고스 주위로는 따분
한 공업지대가 펼쳐져 있다. 배기가스와 악취를 피하기 위해선 우
회해 마을의 북측을 둘러싼 자연공원을 통과하는 루트도 있다. 거
리는 3km 정도 더 멀지만 뜨거운 날씨에 질린 우리들은 조금이라
도 햇살이 덜한 녹음이 우거진 길을 선택했다. 작은 강 옆으로 난
공원의 산책로를 따라 걷자니 점점 마을 같은 풍경이 보이기 시작
한다. 오후 2시 무렵, 드디어 부르고스에 도착.

부르고스는 중세의 카스티야 이 레온Castilla y León 왕국의 수도로
서 번성한 곳. 중세 왕도의 위엄을 지금까지 구석구석 간직하고 있
다. 그를 대표하는 건 도시를 감싸는 성벽과 구시가지 입구에서 순
례자들을 맞이하는 장엄한 산타마리아 문이다. 세계사를 좋아하는
사람에겐 참을 수 없을 정도로 멋진 곳이다. 도시의 중심 역할을
하는 건 세계유산으로도 지정된 부르고스 대성당.

한낮의 구시가지에선 거의 사람의 그림자를 찾아볼 수 없다.
신시가지의 시끌벅적함이 거짓처럼 느껴지는 고요함 속에 희고 우
아한 대성당이 푸르른 하늘을 향해 높이 뻗어 있었다. 잘 손질된

외벽이 태양 빛을 반사하며 빛난다. 분명 이 도시는 몇 백 년 전부터 무수한 순례자들의 기도를 들어줬겠지.

알베르게의 식당은 순례자들로 가득 차 매우 혼잡했다. 기진맥진해 의자에 쓰러져 있으니 이탈리아인 고등학생이 말을 걸어왔다.

"파스타 만들었는데 미유키도 먹지 않을래?"

이탈리아인의 먹는 것에 대한 집념은 굉장하다. 맛있는 걸 찾아내는 후각과 식재료를 골라내는 힘, 그리고 어떤 것이라도 반드시 맛있게 요리해내는 센스가 DNA에 박혀 있다. 그저 슈퍼에서 산 토마토와 양파, 한 팩에 2유로짜리 파스타, 간은 소금뿐. 그런데도 이 사람들은 어떻게 이렇게나 맛있는 파스타를 만들어낼 수 있는 걸까. 눈부신 오렌지색 마카로니가 따뜻함을 뿜어내며 냄비 아래에서 웃고 있다.

"맛있다!"고 외치자 "나랑 사귀면 매일 이런 걸 먹을 수 있는 걸." 하며 윙크하기에 순간 정말로 밀라노로 이주하는 망상에 젖었다. 이탈리아인은 노인부터 아이까지 정말, 정말, 정말! 대단한 유혹의 기술을 지녔다.

저녁 해가 저 먼 하늘에서부터 분홍빛 띠를 두를 무렵 광장에서 파티가 시작됐다. 기타를 가지고 있던 동행 중 한 사람이 연주를 시작하니 금세 커다란 합창으로 번졌다. 남녀노소 국적도 제각각인 사람들이 뒤섞여 전 세계인 모두가 알고 있는 명곡을 부르기 시작했다. 모두들 각자의 언어로 마음껏 부르는데 신기하게도 노랫소리가 조화를 이뤄 대성당 광장에 울려 퍼진다. 동행에게 이끌

려간 자리에서는 사람들이 보드카를 마시며 대결을 펼치고 있다. 캐나다인, 핀란드인, 덴마크인 등 다양한 얼굴들. 시시한 농담 정도는 아무리 영어가 서툴러도 서로 통한다. 마지막엔 서로 며칠간 같은 양말을 신고 있는지 대결하기 시작한다. 이렇게 배 속 깊은 곳에서부터 목소리를 내며 웃어댄 게 도대체 얼마 만일까.

카미노의 길은 난무하는 언어의 수가 많아 '바벨탑'이라고도 칭한다. 하지만 이 길에선 모두 언어의 차이 따윈 가볍게 뛰어넘으며 탑 같은 건 금방 완성해낼 게 틀림없다.

매일이 휴일처럼 느껴지는 직업

온타나스
Hontanas

●
앞으로
··· *462 km*

부르고스에서 레온까지의 200km는 그저 넓디넓은 평지를 끝 없이 걷는 길이다. 메세타^{Meseta}라고도 부르는 스페인 중앙으로 광 대하게 펼쳐진 건조한 평원을 며칠씩 걸려 동쪽에서 서쪽으로 횡단 한다. 순례자들 사이에서는 '가장 지루한 길'이라고 부를 정도로 경 치에 변화가 없다. 황금색 보리밭, 끝없이 펼쳐지는 푸른 하늘을 눈 앞에 두고 일직선으로 난 비포장도로를 끊임없이 걷기만 한다. 이 날 도착한 곳은 알베르게가 하나밖에 없는 아주 작은 마을이었다.

사람의 기척이 별로 없는 농촌 마을은 잠든 듯 얌전하다. 시에 스타(한낮의 무더위가 시작될 무렵 즐기는 낮잠 시간)가 시작되면 더욱 더 고요해져, 와자지껄했던 상점조차 입구에 격자문을 내리고 완전히 침묵에 빠져든다. 세탁을 다 끝내놓으면 오후 2시부터 5시까지는 따분하게 캔 맥주를 따거나 멀리 산 위에 우뚝 솟은 고성을 바라보는 일 말고 순례자들이 따로 할 일은 없다. 태양은 흐늘거리며 서쪽 하늘에 머물러 있다. 하다못해 밤이 찾아와준다면 대화를 나누는 풍경이라도 볼 수 있을 텐데.

멍하니 맥주를 마시고 있자니 순례자 둘이 말을 걸어왔다. 한 사람은 스페인 사람으로 71세인 루카스. 바스크 지방의 작은 마을에서 41년간 초등학교 교사로 일했고 현재는 은퇴했다고 한다. 순례는 다섯 번째라고. 또 한 사람은 브라질 사람으로 36세인 마르코스. 상파울로의 대학을 졸업하고 외국계 기업에서 마케팅 일을 했었는데 제2의 커리어를 생각하고 싶어 이 길을 찾았다고 한다. 전형적인 엘리트다.

루카스는 너무나도 스페인 사람다운 성격으로 천진난만하게 웃으며 호쾌하게 마셨다. 풍채 좋은 몸은 일흔이 넘은 나이에도 더욱 에너지가 넘쳐 젊은이들에게 지지 않도록 매일 장거리를 걷고 있다고 한다. 마르코스는 브라질 사람다운 긴 팔다리, 씩씩한 체격과는 별개로 눈이 사려 깊고 상냥해 보였다. 지식층이 풍길 법한 까다로움은 전혀 느껴지지 않는다. 루카스 옆을 지키며 그의 호쾌한 사투리가 섞인 스페인어를 바로 영어로 통역해준다.

루카스는 곧바로 '왜 걷는지' 물어왔다. 나는 살짝 머뭇거리며 '장래에 어떤 일을 해야 할지 생각하기 위해서'라고 대답했다. 그

렇게 말하면 명랑하고 오지랖 넓은 스페인 사람들은 대체로 한 마디씩 던지기 마련이다. '이런 일이 좋잖아'라든가, '내가 하는 일이 최고다'라든가 '스페인에서는 일할 생각 하지 마'라든가…….

하지만 이날 루카스는 백발이 섞인 눈썹 아래 커다란 눈으로 나를 바라보더니 아주 진지한 얼굴로 이렇게 말했다.

"매일 월요일이구나, 화요일이구나 생각하게 되는 건 좋지 않단다. 매일이 토요일, 일요일, 휴일이라고 느낄 수 있는 일을 해봐. 나는 일을 하는 41년 동안 하루도 '일을 했다'고 생각한 날이 없었어."

그의 대쪽 같은 말에 가슴이 찔려 내심 헉 하고 놀랐다. 25년 동안 살아오며 그런 생각은 한 번도 한 적이 없었다. 오로지 나를 받아들여줄 '틀'을 찾는 것만 생각했을 뿐. 이런 회사라면, 이런 동료들이라면, 이런 대우라면 더욱 즐겁게 일할 수 있을 텐데. 그렇게 나를 끼워 맞출 '틀'만 생각했지 가장 중요한 '내가 뭘 하고 싶은가'에 대해선 전혀 생각해보지 않았던 것이다…….

태양 빛에 반사되어 빛나는 오렌지색 폴로셔츠를 입고 상냥한 표정으로 이쪽을 바라보고 있는 루카스. 41년 동안 다듬어진 그의 신념이 그 얼굴에까지 나타나 있었다. 물론 오랫동안 교사 생활을 하며 괴로운 일도, 참기 힘든 일도, 분노에 떤 일도 분명히 있었을 것이다. 하지만 71세의 노인이 백발이 된 뒤 부끄럽지 않게, 두려움 없이, 누구에게도 흔들리지 않고 그렇게 말할 수 있다는 것. 그것이야말로 그의 말이 옳다는 사실을 증명해주고 있다는 생각이 들었다.

'매일이 휴일이라고 생각하기' 위해서는 무엇을 하면 좋을까. 내가 마음속 깊이 즐겁다고 말할 수 있는 일은 대체 무엇일까. 어쩌면 국적도 입장도 연령도 다른 내게 루카스가 한 말은 해당되지 않을 수도 있다. 하지만 그렇다 해도 세계에서 이런 식으로 생각하며 사는 사람이 한 사람이라도 있다는 사실이 그때의 내겐 그저 부러울 뿐이었다.

그날 밤, 캄캄한 어둠 속에서 코 고는 소리가 울려 퍼지는 가운데 이불을 끌어안고 추위에 떨며 잠을 청할 때까지 루카스의 말이 가슴 깊숙한 곳에 박힌 채 계속 빛을 내고 있었다. 앞으로 내가 나아갈 항로를 결정해주는 등대처럼.

내 등뼈는 어디 갔을까?

카리온 데 로스 콘데스

Carrión de los condes

●
앞으로
··· 408 km

오늘 묵을 마을, 카리온 데 로스 콘데스는 11세기부터 있어온 역사 깊은 마을이다. 전후 마을에는 유럽을 대표하는 로마네스크 건축으로 알려진 프로미스타의 산마르틴 교회나 템플 기사단이 세운 산타마리아 라 블랑카 교회 등 중요한 종교 건축물들이 산재해 있다. 순례길 코스 중에서도 특히 짙은 신앙의 향기를 뿜어내는, 역사의 고요함 속에 잠긴 듯한 분위기를 풍기는 신비한 마을이다.

수도원에 딸려 있는 알베르게 '산타클라라'는 순례자들 사이에서도 유명한 곳. 오후 6시부터 순례자들의 모임이 있으며 수녀들의 악기 연주에 맞춰 찬송가를 부르고 자기소개를 한다. 중세의 의복을 입고 상냥한 얼굴을 한 수녀들이 연주하는 낡은 기타 소리도 아름다웠지만 그 후에 둥글게 모여 앉아 자기소개를 할 땐 영어에 영자신이 없는 것도 한몫해서 굉장히 가슴이 떨렸다.

교회나 수도원에서 운영하는 숙소(알베르게나 파로키아)에는 이런 행사가 많다. 기도 시간이나 명상의 시간이 있는 등 사설 알베르게에는 없는 '약간 신기한' 체험을 할 수 있다. 영화 〈더 웨이〉에 등장해 알려진 토산토스Tosantos 라는 작은 마을의 알베르게에선 호스피탈레라가 숙박하는 사람을 데리고 근처의 돌밭에 세워진 교회로 간다. 돌을 끌로 도려낸 비밀의 집 같은 공간에 성모마리아상이 서 있다. 그 신비한 모습을 보기 위해 이곳에 묵는 사람도 많다. 또한 그라뇽의 알베르게에서도 모두 함께 저녁 식사를 요리하고 각국의 언어로 스피치를 하는 '개더링'이라고 부르는 시간을 갖고 있다. 참가가 강제되는 건 아니지만 순례자에 따라 호불호가 갈린다. 사설 숙박이 가득 차 할 수 없이 이곳에 묵게 된 조안나는 "중학생 수학여행도 아니고 둥글게 모여 앉아 노래를 부르다니 장난하나, 정말!" 하며 괴로운 듯 불평을 늘어놓더니 바로 잠들어버렸다.

파로키아의 숙소에서 먹는 저녁 식사 시간에는 영적인 화제를 다루는 대화가 많다. 이런 이야기를 좋아하는 사람이라면 분명 이곳이 굉장히 즐거운 장소가 될 것이다. 나는 특별히 그런 쪽에 관심이 있는 건 아니지만 순례자들끼리 가깝게 지낼 수 있고, 따뜻하고 소박한 분위기가 좋아서 자주 묵곤 했다. 이날도 모두 자기 음식을 가지고 와 디너파티를 벌였다. 옆에 앉은 이안은 하와이 출신의 요가 강사. 순례는 벌써 네 번째라고 한다. 왜 그렇게 몇 차례나 오게 됐느냐고 물으니 "영혼을 세탁하러"라고 대답한다.

"이 길은 나를 한 번 리셋할 수 있는 장소거든. 인생에서 길을 잃었을 때, 곤란한 일이 생겼을 때, 카미노의 길은 반드시 어떤 기적을 일으켜주니까." 이렇게 대답하며 그는 곧바로 한 마디 덧붙였다.

"하지만 일부러 여기 오지 않아도 너희 나라엔 이곳과 같은 곳이 있잖아? '젠^{Zen}(일본식 불교의 선)'이라는 자랑스러운 문화 말이야."

와인을 벌컥벌컥 마시며 큰 소리로 웃는 카미노의 길과 차가운 마루 위에서 한결같은 모습으로 인내하는 힘겨운 좌선의 길은 아무리 해도 연결 짓기 어렵다. 하지만 이 길을 좋아하는 사람들 중엔 파티 마니아만큼 '젠' 마니아가 많았다.

그러고 보니 이 길을 추천해주신 김양주 선생님이 이런 말을 했었지.

"시코쿠헨로에서도 카미노에서도 성지순례라는 행위는 마구잡이로 부서진 자아를 치료해 시원하게 쭉 뻗은 등뼈로 되돌려주는 과정입니다."

먼 옛날, 사람들은 신의 용서를 구하고 죄를 정화하기 위해 이 길을 걸었다. 분명 위험한 여행이었을 게 틀림없다. 몸을 혹사시키면서까지 구원받고 싶을 만큼 커다란 무언가를 떠안고 있었겠지. 지금도 가족이나 자신의 병이 치료되길 바라며 걷는 사람이나, 과거의 죄를 씻기 위해 걷는 사람이 많다. 이 길의 인기가 높아지자

안이한 영성 붐에 휩쓸려, 신앙을 이해하지도 못하면서 간다고 비판하는 사람들도 많아졌다. 하지만 실제로 걸어보니 왜 이 길이 많은 사람에게 필요한지, 그 이유를 아주 잘 알 수 있었다.

일자로 쭉 뻗은 길에 몸을 맡기고, 그저 담담히 걷는다. 그 공백의 시간 속에 돌연 번쩍하는 섬광이 나타나는 순간이 있다. 사고와 몸의 빗장이 풀려 컴컴한 우주로 의식이 펼쳐지며 나아가는 감각. 별안간 조각조각 흩어져 있던 기억의 파편들이 엄청난 기세로 찰칵찰칵 맞춰져 빛의 속도로 답이 떠오른다. '아아! 그건 그런 의미였구나!' 하고.

영혼의 세탁, 용서, 자아의 치료. 여러 방법으로 설명할 수 있겠지만 그 정체는 육체에 몰두하는 시간이 가져다주는 사고의 재구성을 말하는 것인지도 모르겠다. 그런 의미에서 누군가에게 카미노는 선과 마찬가지다. 우리들의 일상생활은 한 길로 계속 걷기엔 너무도 방해물이 많다. 어떻게 살아야 할지 알 수 없어졌을 때, 헤매게 되었을 때, 먼 옛날부터 사람의 손을 잡아 이끌어준 장소가 우리들을 인도해줄 때가 있다. 커다란 존재에 몸을 맡기고, 그저 하나의 행위에 마음을 맡기는 것. 그게 우리들의 금방이라도 폭발하기 쉬운 마음에 한 줄기 골격을 만들어가는 방향을 정해주는 것인지도 모른다.

다음 날 아침, 목이 아파서 눈을 떴다. 급격한 기후변화로 몸 상태가 안 좋아진 모양이다. 어떻게 해서든 성지까지 걸어서 가고 싶었지만 고민한 끝에 무리하지 않고 다음 마을까지 버스로 이동하기로 했다. 버스로 이동하는 사람들도 꽤 있구나. 나만 게으름을 피운 것 같은 기분이 들었는데 죄책감을 가질 필요는 없었던 것 같다. 버스는 도보로 이동하고 있는 순례자들의 행렬을 뛰어넘어 여유 있게 아스팔트 국도로 내달린다. 대도시에선 익숙한 속도라도 한 발 한 발 내디디며 걷는 게 익숙한 이 땅에선 당황스러울 정도로 빠른 속도다.

그건 그렇고 막 순례를 시작했을 무렵의 나였다면 스스로에게 절대로 버스로 이동하도록 허락하지 않았을 것이다. 걷는 건 나 자신과의 싸움이라고 여기고 있었다. 하지만 20일이 지난 지금은 생각이 달라졌다. 대화를 즐기며 마을에서 만난 사람들의 생활을 관찰할 여유도 생겼다. 그리고 모두들 각자 자신만의 페이스로 걷고 있다는 사실을 깨달았다.

버스 안에서 익숙한 얼굴들과 마주했다. 조안나도 무릎이 아파 오늘은 버스로 이동하기로 했단다. 마르코스가 통역을 하는 역할로 함께하고 있었다. 두 사람 다 결코 무리하지 않는다. 성지에 맨 먼저 도착하기보다는 매일의 변화를 즐기는 것처럼 보인다.

"내게 가장 소중한 게 무엇인지 생각하기 위해 일을 그만두고 이 길을 찾았다"고 마르코스는 말했다. 그는 자기 나라에서 상당한 엘리트였을 것이다. 하지만 오랫동안 관심을 놓지 않았던 환경보호 활동에 힘을 쏟기 위해 커리어를 버리고 NGO를 세우고 싶은 마음도 있단다.

"그래서 난 매일 걸으면서 나 자신에게 이렇게 질문하곤 해. 'What is life?(인생이란 무엇일까?)'"

같은 고민을 하고 있는 마르코스의 말에 나는 마음속 깊이 동감한다.

"그래서, 대답을 찾을 수 있을 것 같아?" 하고 물으니 마르코스는 "으음" 하고 여유 있는 얼굴로 답한다.

"이 길에 와서 바로 깨달았지. 대체 뭘 고민하고 있는 거야? 인생에서 소중한 건 딱 하나밖에 없잖아. 답은 간단해. 'Life is love. (인생은 사랑이야.)'"

우와~~~~. 이런 점이 아무래도 라틴계 사람이라는 느낌을 준다. 낯 뜨거운 말을 서슴없이 할 수 있다는 게 부럽다. 그 말을 듣고 있던 조안나가 선생님 같은 얼굴로 말했다.

"두 사람 모두 결론을 내기엔 아직 젊잖아. 그렇지? 미유키. 젊은이는 나비 같은 거란다! 이 꽃에서 저 꽃으로 날아다니며 여러 곳에 갈 수 있는 거야. 잠자리처럼 일직선으로 날아가는 건 나이를 먹은 뒤에 해도 괜찮아. 먹고 마시고 여러 가지를 듬뿍 맛보도록 하렴. 나도 아직까지 나비인걸. 꼬부랑 할머니가 되기 전까지, 여러 장소에 가서 인생을 즐겨야지."

나비구나…….

버스 창문 밖으로 펼쳐지는 황톳빛 벌판을 바라보며 생각했다.

'What is life?' 내 대답은 대체 뭘까. 눈앞에 앉은 두 사람은 자신의 인생을 뿌리부터 즐기는 사람만이 지닌 꼿꼿한 등을 하고 있다. 흔들흔들 흔들리며 살아가도, 무엇을 하더라도 등뼈가 없는 해파리같이 흐느적거리는 몸으로는 분명 파도에 휩쓸린 채 종착지조차 알 수 없게 될 것이다. 마구잡이로 부서진 나의 정신은 성지에 도착했을 때 과연 완치되어 있을까? 그들처럼 올곧은 등뼈 한 줄기를 가질 수 있다면 조금은 더 자신감이 생길 수 있을까?

내 등뼈는 대체 어디에 있나?

버스는 포장이 벗겨져 울퉁불퉁한 길을 타고 철컹철컹 좌우로 크게 흔들리며 성지를 향해 달려간다.

인생의 농구

사아군
Sahagún

앞으로
··· *369 km*

순례길 도중에 있는 마을에서 눈에 띄는 순례자를 발견했다. 앞
에다 캔을 놔두고 앉아서 적선을 받으며 순례를 하고 있는 모양이
다. 히피풍의 복장은 너덜너덜하고 등산화는 해어져서 금방이라도
뜯어질 것 같다. 그래도 얼굴만은 평온했다. 지나가는 순례자들이
캔에 잔돈을 던져주면 웃는 얼굴로 이야기를 나눈다. 순례자들은
굉장히 자연스럽게 그의 존재를 받아들인다. 다른 사람에게 동냥
을 받아 가든, 자비로 이곳을 찾든 같은 순례자라면 전혀 다를 게
없다고 말하는 것처럼.

카미노에선 사람에게 무언가를 받거나 주는 경우가 많다. 길 한

쪽에 있는 집 앞엔 "자유롭게 가져가세요"라고 쓰인 과자와 과일이 가득 든 바구니가 놓여 있다. 다른 순례자에게서도 종종 물이나 식량을 얻는다. 식당에선 모두가 식재료를 나누며 누가 말하지 않아도 다른 사람의 몫까지 요리해 대접한다. 국경도 언어도 뛰어넘어 모두가 서로 협력하며 돌본다. 내 나라에 있을 땐 자연스럽게 하지 못했던 일이라도 극히 평범하게 할 수 있는 신기한 장소다. 길을 걷다 만난 어느 일본인 여성은 이렇게 말했다. "전 세계 모든 사람이 이 길을 걷는다면 분명 전쟁은 사라질 텐데."

다음 마을인 사아군은 많은 교회와 수도원으로 둘러싸인 조용한 시골 마을이다. 여기엔 역사를 간직한 수도원을 그대로 이용한 알베르게가 있다. 중세의 수도승이 생활했던 회랑을 숙박 동으로 사용하고 있다. 등이 없는 회랑에는 스테인드글라스나 촛대 등 중세의 장식이 당시 모습 그대로 남아 있다. 금방이라도 수도승이 나올 것 같은 장엄한 분위기다.

마사라는 52세의 호스피탈레라가 나를 맞이해주었다. 미국의 캘리포니아 출신이라고 한다. 알베르게의 관리인은 현지 사람인 경우가 많지만 개중엔 지원자를 매년 모집해 교대로 담당하게 하기도 한다. 또 순례 도중에 단기로 알베르게를 돕는 순례자들도 많다.

둥글둥글하게 살이 찐 몸에 앞치마를 두르고 전형적인 미국인 어머니 같은 풍모를 지닌 마사. 왜 그녀는 일부러 먼 미국에서부터 영어도 통하지 않는 이 마을의 호스피탈레라를 지원하게 된 걸까?

"작년에 이 길을 걸은 게 무척 귀중한 경험이 됐거든. 난 카미노에서 많은 걸 얻었어. 이번엔 내가 그 은혜를 돌려줄 차례라고 생각해서 여기 오기로 결정한 거야."

많은 순례자가 카미노 여정을 끝낸 뒤 이번엔 자기가 은혜에 보답해야 할 때라며 알베르게 관리인이 되거나 순례길로 이주해온다.

밤이 되면 등이 꺼지고, 먹을 것도 물도 서로 나누며 사는 카미노의 생활을 경험하고 나서 처음으로 서로 주고받는 관계의 감사함을 몸으로 느낄 수 있게 되었다. 일본에 있을 때의 내 모습을 떠올린다. 내 일에만 열심이었고 주변의 일은 생각해본 적도 없었다. 나를 위해 일하고, 나를 위해 화를 내고, 나를 위해 주위에 불만을 이야기했다.

'성장하고 싶고, 나를 갈고닦고 싶어.'

하지만 그건 무엇을 위해서였을까? 나를 위해서? 누군가를 위해서? 사회를 위해서? 마사에게 물었다.

"전 지금 앞으로의 인생에 대해 생각하고 있어요. 지금까지 살면서 한 번도 누군가에게 무언가를 주었다는 생각이 들지 않는걸요. 이런 저라도 앞으로 남을 돕는 일을 할 수 있을까요?"

마사는 방긋 웃으며 대답했다.

"나는 52년간 캘리포니아에서 생활했단다. 아들 셋을 키우고 나서야 겨우 나를 위해 시간을 쓸 수 있게 됐어. 그러던 참에 이 길과 만난 거야. 그때 바로 알 수 있었지. 아, 내가 지금 해야 할 일은 나와 마찬가지로 이 길을 걸어온 순례자들에게 지금까지 살면서 받은 은혜를 돌려주는 거라고.

그건 사명감이라든가 그런 거창한 게 아니야. 그저 농구 시합에서 공이 내게 왔을 때처럼 누구에게 패스할까 하다 돌고 돌아 지금의 내게 찾아온 거라고 느꼈지. 52년간 살면서 처음으로 일어난 일이었단다. 사람이 사람에게 무언가를 주는 방법은 많아. 하지만 그건 각각 다른 모습을 하고 있지. 예를 들어 지금은 받는 입장에 있다 해도 언젠가 반드시 그것을 눈치채고 반응을 하게 되는 때가 온단다. 그게 20대 전반의 단 몇 년 사이에 찾아온다고 누가 말할 수 있겠니?"

캘리포니아의 햇빛에 노릇노릇 구워진 보리빵 같은 미소로 그렇게 말하는 그녀. 그녀가 한 말의 의미는 내겐 아직 뜬구름과도 같다.

"한 가지 그걸 찾기 위해 필요한 말을 알려줄게. 'Do what you want to do.(니가 원하는 일을 하렴.)'"

순례자의 길은 인생의 축소판

엘 부르고 라네로
El Burgo Ranero

•
앞으로
··· *354 km*

사아군 앞 4.7km 지점에서 길은 두 개로 갈라진다. 프랑스인의
길과 로마인의 길. 로마인의 길 쪽이 경치는 좋지만 프랑스인의 길
쪽엔 도중에 숙박할 수 있는 마을이 많다. 고민한 끝에 프랑스인의
길을 선택했다. 장애물 하나 없는 평지를 터벅터벅 혼자 걷는다. 푸
석푸석하게 말라 베인 지 얼마 되지 않은 힘없는 보리밭이 앞뒤 좌
우로 멀리 펼쳐져 있다. 걸어도 걸어도 사람 하나 보이지 않는다.

오후 2시 무렵 다음 마을인 엘 부르고 라네로에 도착했다. 기진
맥진해 바에서 지친 다리를 쉬고 있자니 노란색 택시가 부웅 하고
도착해 안에서 아주머니들 몇 명이 왁자지껄하게 뛰어내렸다.

"여기야! 여기! 여기! 어제 예약해뒀거든!" 하고 미국 영어로 소리치는 아주머니. 택시 운전사가 트렁크에서 배낭을 꺼내고 있는데 도울 생각도 하지 않고 알베르게로 돌진한다. 주변에 당일 숙박 절차를 기다리는 사람들이 긴 줄을 이루며 서 있는 것도 보이지 않는 모양이다. 그때였다.

"당신들 같은 빌어먹을 순례자가 있어서 다른 사람들이 피해를 보는 거야! 여기는 관광 리조트가 아니라고! 순례를 하려면 걸어야지 이런 바보들아!"

평온한 마을에 돌연 스페인어로 호통치는 소리가 울려 퍼졌다. 쳐다보니 젊은 스페인 여자가 멀리에서부터 아주머니들을 향해 큰 소리로 외치고 있었다. 스페인어를 모르는 아주머니들은 아무렇지도 않은 얼굴로 알베르게에 들어간다.

"고생해서 도착한 우리들이 묵을 덴 없고 당신들처럼 편하게 여행하는 인간들이 묵을 침대만 준비돼 있다니 못 참겠네! 20km나 걸었는데 예약이 꽉 차 있으면 어떤 기분인지 당신들이 알아?!"

분노하는 여자의 말에 여러 곳에서 박수갈채가 들려온다. 사건은 그렇게 끝났지만 나는 그 광경을 보며 어느 쪽 입장도 이해할 수 있다고 생각했다. 확실히 고생해서 걸어왔는데 쉬운 방법으로 이곳을 찾은 사람들에게 숙소를 빼앗기면 화가 날 만하겠지.

미국 영화 〈더 웨이〉가 히트하면서 많은 미국인이 순례길에 찾아온 뒤로 이 길은 급속도로 관광화가 진행되어 단기간에 깜짝 놀랄 정도로 편리해졌다. 갑작스럽게 높아진 인기에 아직 숙박 시설이 따라가지 못한다. 10년 전에도 한 번 이 길을 걸은 적이 있었던 지인은 "완전히 관광지가 됐네! 어딜 봐서 기독교의 길이야?"라며 한탄했다. 신구의 알력이 이 길에 일종의 불온함을 가져오고 있는 것 또한 사실이다. 핸디캡이 있지만 그래도 이곳을 걷고 싶다고 생각하는 사람이나 나이가 들어 체력이 좋지 않지만 도전하고 싶었던 사람에게 교통이 정비되었다는 건 감사한 일일 것이다. 하지만 이렇게 앞다투듯 예약을 하고 상대를 떼밀면서 장소를 차지하는 모습을 지켜보자니 뭔가 허무한 기분이 든다.

이 모습을 옆에서 바라보던 마르코스가 "여기는 세계의 축소판"이라고 말했다. 그렇다. 이렇게 세계 여러 곳에서 여러 사람이 모이기에 '나'의 모습이 확실히 떠오르는 것이다. 걷는 법, 휴식을 취하는 법, 먹는 법, 숙소를 선택하는 법, 밤을 지내는 법, 미사에 출석하느냐 마느냐. 이런 작은 차이가 쌓이고 쌓여 '나'라는 인간을 만들고 있다. 모두 같은 모습이라면 분명 재미없을 테니.

빵과 햄과 와인, 그걸로 충분해

레온
León

•
앞으로
··· 312 km

오늘은 드디어 순례길 네 번째 도시 레온에 도착했다. 대형 백화점과 투우장이 있는 이 마을은 지금껏 지나온 어떤 마을보다도 상업적인 얼굴을 하고 있다. 은행이나 고급 브랜드숍으로 북적대는 대로를 빠져나와 구시가지의 중심인 레온 대성당에 가까워지니 이제야 돌층계 길에 작은 바와 레스토랑, 숙소 간판이 넘치는 순례길다운 얼굴로 변해간다.

성당은 맑게 트인 푸른 하늘을 배경으로 높이 솟아 있다. 그 엄청난 크기에 숨을 삼킨다. 쭉쭉 뻗은 거대한 첨탑이 하늘을 향해 몇 개나 솟아 있고, 희게 빛나는 파사드엔 정교한 조각이 빼곡하다. 세계유산이기도 한 레온 대성당은 아름다운 장미창(원형의 스테인드글라스 창문)으로 유명한 이 마을의 상징이다. 안으로 들어가면 형형색색의 아름다운 유리가 빽빽이 들어찬 장미창이 머리 위에서 신들린 듯 빛을 발한다. 어둑어둑한 회랑 중간에서 루카스와 마르코스와 우연히 마주쳤다.

"케 푸로, 케 보니토Qué puro, qué bonito!(얼마나 순수하고 아름다운지!)"

조용한 대성당 안이라는 사실도 잊은 채 루카스가 무심코 감탄의 목소리를 높였다. 확실히 세계유산이라는 이름이 부끄럽지 않게 보는 이를 압도하는 아름다움이다.

구시가지의 좁은 길을 몇 번이나 꺾어 겨우 알베르게에 도착했다. 이 알베르게는 기독교 협회의 지원을 받지 않고 순례자의 기부만으로 운영되고 있는 특수한 곳이다. 햇볕은 변함없이 따갑게 내려쬐고 있다. 같은 시간 구시가지의 미로 위에 하나둘 꽃이 피듯 밤의 영업을 알리는 가게 등이 켜진다. 집단을 이룬 열대식물처럼 선명한 색의 네온사인들이 켜지며 무수히 많은 크고 작은 바가 제각기 손님들을 유혹한다. 순례자들뿐만 아니라 현지 주민들도 몰리는 환락가다. 성지라고는 하지만 밤이 되면 이런 불온한 얼굴로 변한다. 스페인의 소박한 시골 요리와 차가운 와인이 몸속 깊숙이 스며든다. 꽁꽁 얼어붙을 정도로 추운 날씨인데 밤 시간을 즐기려고 대단한 기세로 몰려드는 사람들의 열기가 길 한가득 피어올라 안쪽으로 안쪽으로 이어지는 작은 길을 하얗게 물들인다.

레온은 카테드랄(가톨릭교회의 대주교가 있는 성당)로 상징되는 기독교의 세계관과 그것을 몇 백 년 동안이나 지켜오며 생활하는 이곳 사람들의 체온, 그 두 가지를 모두 느낄 수 있는 장소다. 순례자들은 낮의 피로를 날려버릴 만큼 맥주를 들이켜고, 바를 순회하며 와인 통에 머리를 박아대고, 사방도 분간 못 할 정도로 취해 침대에 쓰러진다. 길을 걷는 도중 루카스에게 이런 말을 들었다.

"스페인에는 말이지, 이런 속담이 있단다. '판 콘 하몬 이 비노, 에레스 토도스Pan con jamón y vino, eres todos! (빵과 햄과 와인, 그걸로 충분하다!)'"

확실히 순례에 필요한 건 그 세 가지뿐이다. 물보다도 싸게 마실 수 있는 이 지방 와인, 공짜나 다름없는 거대한 빵. 맛있는 스페인산 햄. 신기하게도 여기에 있으면 '나만의 필요충분조건'이란 걸 알 수 있게 된다. 필요 없는 게 점점 닳아 없어지면서 욕망이 심플해진다.

스페인 역시 많은 문제를 안고 있는 나라다. 실업률은 유럽에서 가장 높고 경기는 매년 나빠지기만 한다. 바르셀로나에서 아이를 키우며 슈퍼마켓 계산원 일로 생계를 이어나가고 있는 에바의 시급은 5유로다. 하지만 이 나라에는 자살이 적다. 과로사도 없다. 그들이 씩씩하고 평온할 수 있는 건 자신들에게 필요한 게 무엇인지 잘 알고 있기 때문일까. 아무리 커다란 슬픔도 분노도 활짝 웃으며 뛰어넘을 수 있는 걸까.

만월보다 달이 더 커지는 일은 없다. 한계를 뛰어넘은 선까지 커지고 싶어 한다면 반드시 어딘가 부족한 부분이 생길 것이다. 인간 사회도 무리하게 덧붙이면 분명 같은 결과가 나온다. 천재지변, 원전 문제, 경제 문제. 최근 수년 사이 여러 사건이 일본에도 '결여'를 가져왔다. 그래도 우리는 살아간다. 결여된 채로도 계속 살아가려 하고 있다. 결여되었어도 생명의 움직임은 멈출 수 없다. 더하는 것만이 생명이 향하는 방향은 아니다. 결여되었기 때문에 생겨나는 것이 있다.

3.

종착지로 향하는,
영혼의 길

올바른 길이란 없다

오스피탈 데 오르비고
Hospital de Órbigo

●
앞으로
··· 279 km

레온을 빠져나오면 순례자들은 다시 광대한 평지에 내던져진
다. 변함없이 밋밋한 풍경의 황야가 이어진다. 걸어도 걸어도 마을
이 나오지 않는다 생각했더니 어느샌가 다른 길로 들어와 있었다.
힘들어도 지름길을 선택하고 싶었는데 간선도로에서 벗어난 길게
이어진 길로 들어와버린 듯하다.

저녁 무렵 다음 마을인 오스피탈 데 오르비고에 도착했다. 숙소
에서 와이파이를 사용해 인터넷에 접속하니 일본에서 메일이 많이
와 있었다. SNS를 들여다보니 친구들이 자신들의 페이지에 즐거운
듯 남겨놓은 글들이 눈에 들어왔다. 미소 지으며 찍은 정장 차림의

사진이 폭포처럼 범람한다. 갑자기 이런 도심에서 떨어져 잘 알지도 못하는 나라의 시골에서 너덜너덜한 옷을 입고 걷고 있는 자신이 바보처럼 느껴진다. 모두들 각자 자신이 지닌 소중한 것들을 비교해가며 인생의 행선지를 결정한다. 목적지는 이제 300km 앞으로 다가왔다. 하지만 난 아직 이 길에서 답을 찾지 못했다. 성지에 도착한 뒤에 나는 과연 올바른 길을 선택할 수 있는 걸까?

혼자서 생각에 잠길 시간도 없이 바로 카페를 찾아온 순례자들에게 이끌려 함께 수다를 떨었다. 나이 많은 어르신의 건강한 모습은 일본도 스페인도 프랑스도 똑같다. 연배가 있는 프랑스인 그룹으로 생장에서부터 투어에 참가한 사람들이었다. 가이드로 온 남성에게 마치 영화 〈산티아고…… 우리들의 메카로 가는 길〉 같다고 말하니 "그 영화는 감독과 내가 함께 시나리오를 구상해 2년에 걸쳐 찍었어!"라고 말하며 눈을 빛낸다.

〈산티아고…… 우리들의 메카로 가는 길〉은 2005년 콜린 세로 감독이 만든 프랑스 영화. 약물 중독인 형, 알코올 중독인 남동생, 히스테릭한 여동생. 서로 각자의 문제를 껴안고 싸우기만 하는 세 남매가 돌아가신 어머니의 유산을 상속받기 위해 프랑스의 르 퓌에서 성지인 산티아고까지 1,300km의 길을 걷는 이야기다. 그 외에도 결핍을 가진 인물이나 사회적으로 약한 입장에 선 사람들이 함께 서로 도우며 성지로 향하는 사이 각자에게 결여되어 있던 조각을 다시 찾아간다. 나는 이 영화를 무척 좋아해서 출발 전에 몇 번이고 다시 보기를 반복했다. 그런데 영화를 만든 사람을 이렇게 만날 줄이야! 그가 말했다.

"난 카미노의 가이드 역할을 몇 년이나 한 베테랑이야. 지금까지 많은 사람들을 안내해왔어. 이 길을 걷는 사람은 모두들 자기 인생에서 다음으로 내디뎌야 할 올바른 길을 찾으려고 하지. 올바른 길에 대한 답을 이 길이 줄 거라고 굳게 믿으면서 말이야. 하지만 그들은 산티아고에 도착했을 때 알게 된단다. '올바른 길' 같은 건 존재하지 않는다는 걸. 그런 선택지는 어디에도 없으니까."

영화 속에서 가난한 아랍인 소년 램지는 메카Mecca(이슬람교의 창시자 무함마드가 태어난 도시로 이슬람교의 성지)로 가는 길이라는 형의 말에 속아 카미노 데 산티아고를 걷게 된다. '메카에 도착하면 난독증이 나을 것'이라고 굳게 믿었기 때문이다. 그런 그가 도착한 곳은 메카와는 전혀 닮지 않은 기독교의 성지였지만 마침내 그는 당초의 바람을 달성해 글을 읽을 수 있게 된다. 그가 처음 상상했던 것과는 전혀 다른 방식으로.

아무리 자신이 올바르다고 믿고 있는 길이라도 미래에서부터 역산해보면 틀린 길인지도 모른다. 루비 큐브와 마찬가지로 한 면을 완벽하고 아름답게 정렬했다 하더라도 굴려보면 위험한 모습으로 비춰지는 다른 면이 나타날 수 있는 것이다. 무엇이 옳은지는 알 수 없다. 어쩌면 그게 이 길이 주는 유일한 답일지도 모른다. 만약 그렇다면 이 길을 다 걸은 뒤 내게 필요한 건 어떤 길이라도 '이게 나의 길이다'라고 확신하며 계속 전진할 수 있는 자신감, 그저 그것뿐일지도 모른다.

나는 미해결 인간

비야프랑카 델 비에르소
Villafranca del Bierzo

●
앞으로
··· 186 km

오늘은 표고 1,500m에 육박하는 이라고Irago 산 정상 부근, 폰
세바돈Foncebadon에서 밤을 지내기로 했다. 폐촌 가까이에 있는 마을
로 알베르게 외에는 거의 아무것도 없다. 산에서 보내는 밤은 너무
도 춥다. 낮게 드리운 구름이 하늘을 뒤덮어 항상 보이던 별이 가
득한 밤하늘이 오늘은 보이지 않는다. 난로 앞에서 동행과 담소를
나누고 있자니 갑자기 엄청나게 화가 난 굵은 톤의 남자 목소리가
숙소 안에 쩌렁쩌렁 울렸다.

"너는 왜 그렇게 항상 네 멋대로야!"

"매번 모든 게 아버지 마음대로 되진 않는다는 걸 좀 아세요!"

뒤돌아보니 억센 중년 남성 두 명이 버티고 서서 새빨개진 얼굴로 서로 노려보고 있었다. 그 옆에는 어찌할 바를 몰라 당황한 얼굴의 기가 약해 보이는 남성이 한 명 서 있다.

(아아, 또 시작이네…….)

이 미국인 가족의 싸움은 순례자들 사이에서는 이미 유명하다. 40세인 남동생 마크는 65세인 아버지 벤의 회사를 이어받은 경영자. 형인 제이콥은 가벼운 지적장애가 있어 혼자서는 생활하기 힘들다고 한다. 상당히 완고해 보이는 아버지의 풍모를 지닌 벤의 고압적인 말투가 하나하나 마크의 성질을 건드리는 걸까. 아니면 제이콥의 무절제한 행동이 두 사람을 초조하게 만드는 걸까. 평온한 스페인의 풍경 속에선 이런 소란스러운 싸움도 왠지 얼빠진 짓같이 느껴진다. 나는 쓴웃음을 지으면서도 솔직하게 감정을 충돌하는 그들의 모습이 조금은 부럽게 느껴졌다. 그 모습을 보고 있던 희주가 눈썹을 찡그리며 말했다. "난 저 사람들 싫어."

희주는 한국인으로 취업을 준비하다가 대학원에 진학을 해야 할지 고민을 정리하기 위해 카미노에 왔다고 한다.

"한국에서 취업 준비는 정말 힘든 일이야. 학생들은 하나같이 대기업에 몰리거든. 가족들도 좋은 커리어를 쌓기 위해 필사적이야. 대학 수험이 끝난 뒤에 기진맥진한 채로 바로 다음 경쟁에 내몰려. 나는 대학에서 신문사 부장을 한 경험도 있고 유학도 다녀왔어. 지금까지의 활동 실적으로 보면 분명 기업에서 좋은 평가를 받을 수 있을 거야. 하지만 장래에 내가 무슨 일을 하고 싶은지는 전혀 모르겠어."

비슷한 이야기를 다른 한국인 순례자들에게 들은 적이 있다. 한국에서는 현재 카미노 순례가 엄청난 붐으로 특히 병역을 끝내고, 또는 일을 그만두고 왔다는 20대 젊은이들이 많다. 수험, 취직, 병역. 쌓일 대로 쌓인 사회의 중압감에 눌려 뭉개지기 전에 그들은 구원을 바라며 이 길을 찾아오는지도 모르겠다. 희주는 커다란 목소리로 싸우는 그들을 보면서 자신의 아버지를 떠올렸다고 한다.

"여기로 여행을 오기 전에 아빠가 엄청 화를 내셨어. '스페인을 순례하는 게 네 경력에 무슨 도움이 된다는 거냐? 대기업에 취직할 수 있는 엘리트로 만들려고 지금까지 너한테 얼마나 큰돈을 투자했는지 알고는 있는 거야? 쓸데없는 짓 좀 하지 마'라면서. 지금도 아빠는 내가 보내는 메일에 답장도 안 해주셔. 난 어쩌면 좋을까."

희주의 마음에 가슴 아플 정도로 동감하게 된다. 잠자코 그 말을 듣고 있던 브라질인 마르코스가 입을 열었다. 한 마디 한 마디 천천히 그리고 깊은 톤으로 이야기를 시작한다.

"브라질에는 '마우 헤조우비두Mal resolvido'라는 말이 있어. 직역하면 '미해결 인간'. 자기 가족이나 인생의 고민을 해결하지 못한 사람을 뜻하는 말이지. 그들은 설령 대기업의 중역이라도 '저 녀석은 마우 헤조우비두라니까'라는 말을 들으며 동료들 사이에서 신뢰를 얻지 못해. 너희 주변에도 그런 사람들이 많지? 미유키, 희주, 난 너희들이 마우 헤조우비두가 되지 않았으면 해. 좋은 직장을 갖는 것보다 그게 더 중요하니까."

창문 밖으로 비가 내리기 시작했다. 내일 걸어야 할 길은 흐물흐물 어둠 속에 녹아들어 한 치 앞도 보이지 않는다.

어제 내리던 비는 아침이 되어도 멈추지 않았다. 폰세바돈을 출발해 더욱 높은 산길을 오른다. 길은 이미 물에 잠겼다. 표고가 높아지면서 손끝이 갈라질 듯 춥다. 이윽고 구름으로 희미해진 거대한 십자가가 보이기 시작했다. 이라고 산 정상에 도착한 순례자들이 돌을 쌓아 올려 만들었다고 하는 '철의 십자가'다. 여기에 돌을 쌓으면 소원이 이루어진다고 한다. 이 지방은 1년의 절반이 비와 눈으로 덮이는 곳이라 순례자들이 제대로 된 장비를 갖추고 온다. 하지만 산에서 내리는 비를 우습게 생각했던 나는 비옷도 없이 빈약한 판초 하나만 걸치고 걷는 수밖에 없었다. 안개로 아무것도 보이지 않는 가운데 걷기 힘든 산길은 질척거리고 미끄러워 좀처럼 앞으로 나아가게 도와주질 않는다. 점점 빗물을 흡수한 옷이 몸을 무겁게 짓누르기 시작한다. 신발 속은 침수 상태. 모두들 앞서 가버렸다. 혼자 남겨지면서 이 길에 온 뒤 처음으로 소외감을 느꼈다. 누군가의 페이스에 맞춰 걸어서도 안 되고 타인이 가는 길을 방해할 수도 없는 순례길은 자칫하면 굉장히 고독한 곳이 될지도 모르겠다.

다음 날은 카스티야 이 레온 주 제3의 도시인 폰페라다에서 출발해 비야프랑카 델 비에르소로 향했다. 도중에 들른 마을의 와이너리에서 휴식을 취하고 있자니 마크가 무척 지친 얼굴을 하고 들어왔다. 오늘은 혼자다. 분명히 또 아버지와 크게 한판 한 게 틀림 없다. 나는 왜 싸움을 하면서까지 가족과 함께 걷고 있는지 물었다.

"우리 가족은 오랫동안 잘 지내지 못했어. 난 내가 형 때문에 희생하고 있다는 기분이 들었고, 강압적인 아버지도 정말 싫었거든."

마크는 와인의 취기를 빌려 드문드문 이야기를 이어나갔다.

"한편으론 우리 가족에겐 내가 없으면 안 된다는 소소한 자존심을 가지고 있었지. 주변 사람들은 우리를 대대로 우수한 경영자 일가라고 여기고 있어. 그런 이미지를 잃고 싶지 않았어. 하지만 그런 생활에도 지쳐서 의사에게 우울증이라는 진단을 받았지."

마크의 얼굴엔 이미 깊은 주름이 생겼고 머리엔 백발이 섞여 있었다. 순탄치 못한 인생과 싸워온 고뇌의 흔적들이 엿보였다.

"아버지와 형을 순례길로 이끈 건 우리에게 새로운 시간이 필요하다고 생각했기 때문이야. 아버지는 처음엔 완강하게 거부했어. 그런 일에 한 달이나 시간을 쓰는 건 바보 같은 짓이라면서 말이야. 회사는 어떻게 하느냐면서. 하지만 난 어떻게 해서든 가족과 함께할 수 있는 시간을 만들고 싶었어. 여기서 어떻게든 이야기를 나누고 싶었던 거야."

마크는 아버지를 설득하기 위해 얼마나 큰 용기를 낸 걸까. 그 갈등을 생각하니 가슴이 꽉 막혀왔다.

"이렇게 함께 걷는 동안 지금까지 전혀 알지 못했던 아버지의 모습이 보이기 시작했어. 그렇게 거대한 존재였던 아버지가 어느샌가 나이를 먹어서 이렇게 등이 작아졌구나, 하고. 형도 그래. 나는 형을 나보다도 덜떨어진 인간이라고 무시했었어. 하지만 함께 걸으면서 형은 내가 가지지 못한 능력을 지니고 있단 걸 깨달았지. 형은 나나 아버지보다도 다른 순례자들과 더 빨리 친해지고, 걷는 속도도 빨라."

확실히 그럴지도 모르겠다. 마크의 형은 이 순례길에서 세 사람 중 가장 씩씩하게 행동하며 주변 순례자들에게도 친근하게 받아들여지는 것처럼 보인다.

"우리는 가족이면서도 서로에 관해 잘 알지 못했어. 알려고 한 적도 없었고. 여기에 와서 겨우 알게 됐어. 어쩌면 가족을 '몹쓸 인간'으로 만들고 있었던 건 내 삐뚤어진 자존심이었을지도 모른다는 걸."

마크의 목소리가 떨리고 있었다. 자신의 잘못을 인정하는 건 분명 그에겐 괴로운 일일 터였다. 이야기를 나누며 우리는 다음 마을인 비야프랑카 델 비에르소에 도착했다. 여기는 11세기부터 산티아고 순례길의 거점으로 발전한 마을이다. 작은 마을이지만 카미노 길에선 중요한 의미를 지닌다. 이 산티아고 교회에 있는 '면죄의 문Puerta del Perdón'을 통과하는 사람은 산티아고까지 가지 않아도 '신의 용서'를 받을 수 있다고 알려져 있기 때문이다. 여기에 도착한 순례자들은 설령 산티아고에 닿지 못하더라도 천국에 갈 수 있다고 믿으며 순례길 최후의 난코스인 세브레이로 정상에 도전한 것이다.

"지금까지 난 가족과 관계가 원만하지 못한 스스로를 탓하고

있었어. 하지만 이젠 알 것 같아. 아버지도 형도 나와 전혀 다른 사람이라는 걸. 이렇게 다른 사람들끼리니까 잘 어울려가지 못해도 괜찮은 거야."

마을 입구에 선 우리를 벤과 제이콥이 뒤따라오고 있었다. 마크는 쓴웃음을 지으며 천천히 걷는다. 그는 자신의 가족을 잠자코 기다리고 있다. 눈에 상냥함을 담고서. 성지는 아직도 멀다. 하지만 그들은 이 긴 여정 안에서 이미 대답을 찾았는지도 모른다. 가족과 가만히 마주하며 싸우는 시간. 그 자체가 그들에게 더할 나위 없이 소중한 체험이었던 것이다. 누구든 미해결의 부분을 지니고 있다. 나도, 그도, 희주도. 하지만 그걸로 괜찮은 건지도 모른다. 울퉁불퉁하고 완벽하지 않기에 비로소 우리는 이어질 수 있다. 이렇게 다른 사람에게 손을 내밀 수 있다. 가족도 분명 마찬가지다.

비는 어느샌가 멈추고 맑게 갠 하늘에 커다란 무지개가 걸려 있었다.

내 모습, 산의 모습

오 세브레이로
O Cebreiro

●
앞으로
··· 156 km

　드디어 순례의 하이라이트, 최대 난관인 오 세브레이로를 넘
는 날이 왔다. 약 31km의 힘든 길을 계속 걸어야만 한다. 작은 마
을, 베가 데 발카르세Vega de Valcarce를 넘어 겨우 산길로 들어섰다. 혼
자서 담담히 걷는다. 먼 산맥 너머로 이따금씩 하나둘 작은 마을이
모습을 드러내지만 길을 꺾어들면 바로 산그늘에 가려 보이지 않
는다. 정상은 코빼기도 비치지 않고 오르락내리락만 반복하는 길
에 점점 마음만 초조해진다. 언제까지 이 괴로움이 계속될지 알 수
없는 불안감이 나를 압도한다. 그럼에도 산길은 끝없이 이어진다.
마음을 고쳐먹고 경치를 즐기는 수밖에 없다고 생각하자 겨우 그

괴로움이 덜해졌다.

문득 뒤를 돌아보고 싶어졌다. 차가운 바람이 뺨을 스쳐 지나 간다. 땀이 흥건한 채로 등을 돌린 나는 목소리를 높였다. "굉장하 잖아!"

내 뒤로 펼쳐진 건 깎아지른 듯 솟은 깊고 깊은 산골짜기였다. 흘러가는 구름이 발아래를 놀라운 속도로 스쳐 지나간다. 구름이 끝나는 저편엔 초록빛 산이 융단처럼 끝없이 이어져 있다. 내가 걸 어온 길은 산 저편에 숨어 보이지 않는다. 이렇게 높은 곳까지 내 가 올라왔구나…….

산길은 결코 평탄하지 않다. 항상 경치가 바뀐다. 올라갔다 내 려갔다, 다시 올라갔다. 하지만 이건 필연적인 일. 길은 자연을 따 라 우리의 의지를 반영하지 않고 그 기복을 있는 그대로 받아들이 며 만들어진 것이다. 그때 문득 생각했다. 더 이상 어찌할 수 없는 것, 내 힘으론 어떻게 할 수 없는 것 때문에 발버둥 치는 건 그만두 자고. 사람이 지닌 있는 그대로의 모습은 간단히 바꿀 수 있는 게 아니다. 산과 마찬가지로 형태가 정해져 무리하게 개간할 수 있는 게 아니다. 구깃구깃하고 좋은 모습이 아니어도, 전혀 잘 풀리지 않는다고 해도 그 모든 건 자신이 한 선택의 결과인 것이다.

"이게 내 길이라고! 젠장~!!" 나는 커다란 목소리로 노래하기 시작했다. 아무도 없는 길에서 엉터리 솜씨로 일본 가요를 불러젖 혔다. 조용한 산길에 내 목소리가 스며들어 간다. 목소리와 함께 몸 안의 무언가가 빠져나가는 기분이 든다. 어쩌면 내가 지금까지

고민해온 건 실은 굉장히 간단히 해결할 수 있는 것이었는지도 모른다. '나만의 방식으로 산다.' 그저 그뿐 아닌가. 그저 그뿐인 걸 지금까지 하지 않았다. 하지만 앞으로는 할 수 있을 것 같다. 그 즐거움을 이 길에서 온몸으로 배웠으니까.

따갑게 내리쬐는 오후의 햇볕에 쓰러질 듯 지쳐가며 드디어 난 오 세브레이로 정상에 도착했다.

갑작스러운 이별

사리아
Sarria

●

앞으로
··· *114km*

이른 아침, 바에서 오 세브레이로의 명물인 벌꿀을 뿌린 염소 치즈를 입안 가득 떠 넣고 있었다. 따끈따끈한 바게트 위에 폭신폭신한 염소 치즈를 올려 사르르 부드러운 벌꿀을 가득 뿌리면 눈물이 날 정도로 맛있다.

가게를 나오다가 깜짝 놀랐다. "우와앗! 구름 위에 있잖아!" 표고 1,300m 정상 주변을 두터운 구름이 둘러싸며 하계를 완전히 뒤덮고 있다. 먼 하늘 구름 아래에서부터 떠오른 태양이 빛을 발하며 산 구석구석의 검은 그림자를 하얀 구름 이불 위에 드리우고 있다. 마치 〈천공의 성 라퓨타〉의 세계 같다.

오 세브레이로 정상에서 내려오니 이제 갈리시아 지방에 돌입
했다. 앞으로 남은 길은 150km. 오 세브레이로 기슭에 있는 마을,
트리아카스텔라Triacastela에서 성지로부터 100km 떨어진 지점인 사
리아 마을까지는 두 갈래 길이 있다. 하나는 리오 카부 고개를 넘
어가는 길, 또 하나는 강을 따라 산속 마을인 사모스를 지나는 길
이다. 사모스에 들르고 싶어 약간 거리가 길어지긴 하지만 강을 따
라가는 코스를 선택했다.

갈리시아 지방 특유의 울창하고 무성한 숲이 순례길을 감싸고
있다. 돌 표면을 감싸는 이끼와 콧구멍을 찌르는 시큼한 부엽토 냄
새. 높이 솟은 나무들 사이로 하늘을 올려다보아도 아침 해는 보이
지 않는다. 때때로 작은 동물이나 새가 바스락하고 수풀 속에서 소
리를 내지만 그 외엔 터벅터벅 다른 순례자들의 발소리만이 들려
올 뿐이다. 그러다 갑자기 눈앞이 열리면서 아래로 거대한 수도원
이 나타났다. 사모스의 수도원은 갈리시아 주에서 가장 오래된 수
도원이며 순례길 안에서도 가장 역사가 오래된 알베르게다. 깊이
우거진 숲 속에 숨은 듯 서 있다. 흰 벽과 비에 젖어 윤기를 띤 초
록 잎사귀가 어우러진 모습이 아름답다. 수도사가 안내하는 투어
에 참가하면 내부도 견학할 수 있다.

그 앞으로 산길을 넘어 드디어 나는 성지를 114km 앞둔 마을
사리아에 도착했다. 여기서부터 걸어도 증명서를 받을 수 있어서
순례자의 수가 갑자기 늘어난다. 길은 컬러풀한 등산복들로 넘쳐

났다. 마을의 메인스트리트인 마요르 거리엔 알베르게 간판이 수 없이 늘어서 있으며, 길가에 새겨진 순례의 상징인 조개 조각이 드디어 성지가 가까워졌음을 피부로 느끼게 한다. 조금만 가면 여행이 끝난다는 안도감 때문일까, 숙소엔 화기애애한 분위기가 감돌고 있다. 트리아카스텔라에서 헤어진 조안나와 숙소에서 우연히 만나 나도 모르게 목소리가 커졌다.

"조안나! 곧 성지네요."

"미유키! 마지막으로 만날 수 있어서 다행이야. 난 내일 버스를 타고 마드리드로 돌아가거든."

갑작스러운 선언에 나는 깜짝 놀랐다. "엣! 여기에서 돌아간다고요?!"

"아픈 무릎이 더 나빠졌거든. 이런 빗속에선 내일도 걷는 건 무리겠고. 거기다 돌아가는 비행기 티켓도 나흘 뒤로 다가와서 시간이 없을 것 같아."

이런…… 갑작스러운 상황에 난 사다리를 잃은 기분이었다. 그녀의 발랄한 미소, 의연한 말투가 지금까지 왠지 모를 힘이 되었는데 함께 골을 통과하지 못한다니.

"조안나, 정말로 돌아갈 거예요? 성지는 보고 가면 좋을 텐데."

"괜찮아 미유키. 나는 이미 이 길에서 충분히 멋진 경험을 했거든. 내게 성지는 바로 여기야."

그렇게 상쾌한 얼굴로 말한다. 그녀에겐 더 이상 조금의 망설임도 없어 보인다.

"거기다 말이야." 조안나가 이어 말했다.

"봐, 숙소가 스페인에서 수학여행을 온 초등학생들로 가득하잖아! 세일 중인 시장처럼 꽉꽉 들어찬 길을 100km나 더 걷는다니 딱 질색인걸!"

언제나처럼 톡 쏘는 말투의 그녀로 돌아왔지만 눈은 웃고 있다.

"이 길에 온 뒤로 답은 찾았니?" 하고 조안나가 내게 물었다.

아직이다. 곧 성지에 도착하는데 그 대답을 나는 아직도 발견하지 못했다. 나뿐만이 아니다. 100km를 넘어선 지점부터 갑자기 성지까지 가고 싶지 않다고 불평을 털어놓는 사람들이 늘어났다. 분명 그들도 답을 내지 못해 초조해하고 있는 거겠지. 길은 무한대로 뻗어 있지 않다. 성지까지의 거리를 알려주는 길가 표식인 모혼의 숫자가 사정없이 계속 줄어든다. 내면이 현실을 따라가지 못해 초조해하거나 모라토리엄 안에서 아직도 헤매고 싶은 기분이 사람들의 발목을 잡는지도 모른다.

"마지막으로 하나만 조언할게" 하고 조안나가 말했다.

"자기 자신을 겨울 장미로 만들지 마."

"겨울 장미?"

"그래. 장미는 말이지 봄에 아름다운 꽃을 피우게 하려고 겨울에 일부러 잎과 가지를 쳐낸단다. 험한 환경에 처해야 더욱 강하게 단련되거든. 하지만 인간은 그렇지 않아. 그렇게 자란 사람에겐 반드시 한계가 오지. 인간은 생명이니까. 물을 주고 시든 잎은 따주고 햇살 강한 날은 그늘을 만들고 추우면 옷을 입으면서, 그렇게

해서 처음으로 그 사람 자신의 꽃을 피우게 되는 거야.”

조안나의 얼굴이 아름답게 피었다. 주름 깊은 눈꺼풀은 처음 만났을 때와 마찬가지로 커다랗게 열려 있다. 하지만 그 눈동자는 이제 소녀의 섬세함이 아닌 힘 있는, 그녀 본래의 영혼을 띠고 있었다. 분명 그녀도 이 길에서 무언가를 버리고, 무언가를 얻은 것이다. 맑은 시선은 내 미래까지 꿰뚫어보는 것만 같았다.

“자신의 재능을 키울 수 있는 사람이란 자신에게 그런 기회를 줄 수 있는 사람이란다. 미유키, 자신을 겨울 장미가 아닌 한여름의 해바라기처럼 대해주렴.”

성지 도착

산티아고 데 콤포스텔라
Santiago de Compostela

•
앞으로
··· 0 km

드디어 오늘, 성지인 산티아고에 도착한다. 순례자 다수는 몬테도 고조Monte do Gozo라는 5km 앞에 있는 언덕 위 숙소에 묵는다. 일찌감치 성지에 도착해, 순례 증명서를 받고 대성당에서 개최되는 정오 미사에 출석하기 위해서다. 하지만 내가 묵은 곳은 페드로조Pedrouzo라는 성지에서 20km 앞에 있는 마을. 때맞춰 도착하려면 오전 중에 이 거리를 걸어야만 한다.

아침 7시 반, 숙소를 나와 걷기 시작했다. 바에서 아침을 먹고 있자니 루카스와 마르코스가 나를 추월해갔다. 모두들 서두르고 있구나. 무리도 아니다. 오늘이면 도착할 수 있으니. 길고 긴 이 여행의 결론을 오늘 낼 수 있는 것이다.

오르막과 내리막이 이어지는 숲길을 빠른 걸음으로 넘어간다. 몬테 도 고조 언덕 위에 도착했을 때 나는 환희의 함성을 질렀다. 눈 아래로 산티아고 시내의 모습이 황금색으로 빛나고 있었다. 아침 해가 비치는 집들의 돌벽에 반사된 빛이 물결 지어 빛난다. 저 멀리 산티아고 대성당의 검은 첨탑이 보인다. 정말로 우리가 이곳에 왔구나……

태양은 이미 하늘 높이 떠 있었다. 미사가 시작되는 정오까지 도착할 수 있을까. 빨리, 빨리, 서둘러야지. 뒤엉키는 발걸음을 재촉하며 입으로 튀어나올 듯 두근대는 심장을 억누르고, 있는 힘을 다해 앞으로 나아갔다.

11시 45분. 드디어 산티아고 시가지 간판이 보이기 시작한다. 하지만 여기서부터도 거리가 꽤 된다. 마을 입구부터 구시가지의 중심까지는 1.6km나 남아 있다. 포기해야 하나? 아니야, 그럴 순 없지. '포르 케 카미나스 투Por qué caminas tú?(왜 걷는 거지?)' 몇 번이고 몇 번이고 받아온 질문의 답을 나는 아직 얻지 못했다. 애타는 마음에 잠자코 있을 수 없어 달리기 시작했다. 다른 순례자들도 뒤를 잇는다. 통행인과 부딪힐 뻔하면서 노란 화살표를 찾아 헤맨다. 내일부턴 화살표가 사라진 세계에 살 것이다. 하지만 오늘까지만이라도 나를 인도해주렴.

이때의 나는 마치 굶주린 개 같은 모습이었을 거다. 빨리, 빨리 답을 얻고 싶어. 이 길을 걸어온 의미를 찾고 싶어. 아니, 솔직히 말하자면 내가 지금까지 살아온 의미를 찾고 싶어…… 드디어 길은 구시가지에 돌입했다. 세피아색 돌로 만든 아치를 통과해 긴 계단을 달려간다. 어두운 골목 끝에 유난히 밝은 빛이 내리꽂혀 있었다. 이곳을 빠져나가면 바로 저기가 골이다. 좁은 길에서 굴러 나오듯 달려 마침내 도착했다. 한없이 빛이 내리쬐는 거대한 오블라도이로 광장. 그 눈부신 빛에 무심코 위를 바라본 내 눈에 들어온 건 하늘을 찌를 듯 솟은, 지금껏 본 적 없을 정도로 거대한 대성당이었다.

'쾅' 하고 종소리가 마을 전체를 흔든다. 정오의 미사가 시작되는 소리다.

성당 안은 관광객과 순례자들이 혼연일체가 되어 천장까지 뚫어버릴 정도로 열기를 뿜어내고 있었다. 북적거리는 사람들 사이를 지나 긴 의자에 앉았다. 거기에서 내가 본 건 경건한 얼굴로 미사를 기다리는 수많은 순례자들의 모습이었다.

난 이렇게나 많은 동행과 함께 걸어왔구나.

지쳐 바닥에 주저앉은 사람, 녹초가 되어 의자에 몸을 던진 사람, 고고한 모습으로 의자 옆에 나란히 서 있는 사람. 모두들 먼지와 땀에 뒤덮여 옷은 너덜너덜하지만 햇볕에 탄 얼굴은 씩씩했으며, 무언가를 얻은 듯 자랑스러운 표정으로 중앙의 제단을 바라보고 있었다. 파이프오르간 소리가 울려 퍼지며 미사가 시작됐다. 그 상냥한 음색에 안도감이 함께 몰려오며 몸에 힘이 빠진다. 다리뼈가 사라진 듯 서 있을 수가 없다. 섬세하고 아름다운 찬송가 소리가 높은 천장에 부딪쳐 울리며 성당 안을 채워간다. 교회 중앙에 놓인 보타푸메이로 안에 약초를 지핀다. 이 커다란 향로를 천장에 매달아 사제들이 흔들게 된다. 사제들의 기도와 함께 남성 여섯 명이 줄을 당겨 은으로 만든 향로를 천장에 매달았다. 이윽고 천천히 묵직한 향로가 허공에서 흔들리기 시작한다. 마치 우리 모두를 축복으로 감싸주는 것처럼. 대성당 안이 허브 향과 연기로 가득 차며 아름다운 찬송가의 음색이 몸 안으로 스며들어 나도 모르게 눈물이 흘렀다. 빛을 통과시키는 높고 높은 탑의 천장에서 어떤 존재가 내게 말을 걸어온다. 지금까지의 당신을 모두 용서하겠다고. 거대한 소용돌이가 되어가는 무수히 많은 사람들의 기도와 마음. 그들과 하나가 되어 지금까지 몸 안에 뭉쳐 있던 무언가가 부드럽게 녹아내린다.

드디어 하나처럼 보였던 미사 참가자의 얼굴이 한 사람 한 사람 확실히 보이기 시작한다. 루카스와 마르코스도 있네! 나는 두 사람의 곁으로 다가가 강하게 포옹했다. 마르코스도, 나도 울고 있었다. 루카스가 내 머리를 쓰다듬었다. 커다랗고 두터운, 지저분한 그 손이 따뜻하고 상냥했다.

미사가 끝나고 사람들은 빛이 내리는 오블라도이로 광장으로 빠져나왔다. 사진을 찍거나 친근한 얼굴을 발견하고는 기쁨에 소리치며 서로를 끌어안는다. 나는 마르코스와 함께 광장 한가운데 책상다리를 하고 앉아 아무 말 없이 대성당을 올려다봤다. 한없이 넓고, 티 없이 맑은 푸른 하늘을 배경으로 한 대성당은 높이높이 솟아 있었다. 이 세상 모든 것을 다 받아들여줄 것처럼.

성당 남쪽으로 분수가 있는 프라테리아스 광장 옆쪽에 위치한 빌라르 거리의 순례사무소 앞에는 줄이 길게 늘어서 있었다. 30분을 기다려 완주를 증명하는 서류를 받았다. 순례 이유를 물어보기에 '종교적 동기'라고 대답했다. 처음 걸을 땐 전혀 관심이 없었지만 걷고 난 지금은 아주 조금이나마 신앙의 의미를 알게 된 것 같은 기분이 들었다. 기독교는 내가 생각했던 것보다 훨씬 현실적인 종교였다. 지금 여기에서 생활하며 살고 있는 사람들을 위한 것이다. 엄밀히 공부한다면 감상이 달라질지도 모르지만, 적어도 내가 이 길에서 접한 건 대지에 묵직하게 뿌리를 내리고 잎을 피우는 나무처럼 커다랗고 따뜻하고 가까운 것이었다.

밤이 되어 도착을 축하하는 파티가 시작됐다. 함께 걸어온 동행도, 모르는 사람들도 모두 다 섞여 실컷 마셔댄다. 루카스가 가게 안이 다 울릴 정도로 큰 목소리로 스페인 국가를 열창해 갈채를 받았다. 대성당 주변에선 가벼운 축제가 벌어진다. 와인 병을 놓고 둘러앉아 뜨거운 열기 속에서 마지막 순간을 완벽하게 즐기기 위해 다들 마시고, 울고, 웃는다.

"미유키, 이 길에서 뭘 발견했는지 알려줄래?"

마르코스가 그런 질문을 한 건 광장 돌계단에서 취기를 식히고 있을 때였다. 어둠 속에서 거대한 검은 그림자로 변한 산티아고 대성당이 우리를 조용히 내려다보고 있었다. 이 거리에 흐르는 공기는 왠지 부드럽다. 솜털처럼 보송보송하게 몸을 감싸줘 고향에 돌아온 것 같은 기분이 느껴졌다.

처음 걷기 시작했을 때 나는 강해져야만 한다고 생각했다. 실패를 가슴에 안고, 실패한 나를 계속 나무라며 무사 수행이라도 하듯 여행에 나섰다. 하지만 지금이라면 알 수 있다. 도망치거나 실패하는 건 새로운 시작이다. 상처를 입고 아파 신음해도 거기서부터 다시 새로운 싹이 피어난다. 쌓아 올린 게 영원히 사라지는 일은 없다. 약한 나라도 소중한 재산의 일부다. 거기서부터 몇 번이고 다시 시작할 수 있다. 살아 있는 한 언젠가는 다음 화살표에 도착할 수 있다. 이렇게 많은 사람들이 지금까지 쌓아 올린 길 위에 난 서 있으니까.

마르코스가 알겠다는 듯 시선을 아래로 내렸다. 리타가 테이블 저편에서 울고 있었다. 그녀의 여행은 언제부턴가 사랑 여행으로 변했던 모양이다. 긴 길을 거치는 동안 동행들 사이에선 몇 팀인가 커플이 생겼다. 하지만 마르코스는 내일 밤 브라질로 돌아간다. 그의 가방엔 고향까지 돌아갈 항공권이 들어 있다. 마르코스는 결코 그 사실을 잊지 않았다.

내일이 되면 모두가 뿔뿔이 흩어지겠지. 고향에서의 생활이 두 팔 벌려 우리를 기다린다. 헤어짐은 괴롭다. 하지만 우린 이 장소에서 누군가의 동행이었다. 머나먼 저 어딘가에서 모두들 각자 자신만의 길을 걷고 있다. 그렇게 생각하는 것만으로도 배 속 저 깊숙한 곳에서부터 따뜻함이 느껴진다. 집에 돌아가 다시 한 번 걸을 수 있을 거란 용기가 솟아오른다.

정신을 차려보니 알베르게 통금 시간이 다가오고 있었다. "아스타 루에고Hasta luego!(또 봐!)"하며 언제나처럼 인사를 주고받은 뒤 나는 곧게 뻗은 앞을 바라보며 가로등이 비추는 돌담 오르막길을 올라갔다.

땅 끝에서 이어지는 길

피스테라
Fisterra

●
더하기
··· *90 km*

다음 날 아침 눈을 뜨니 생리가 찾아와 있었다. 공황장애에 걸린 이후 줄곧 멈춰 있었는데. 너무도 솔직하게 반응하는 내 몸에 웃음이 났다. 중단되었던 일상의 시계가 움직이기 시작한다. 동시에 여행의 끝이 가까워옴을 문득 깨닫는다.

10시 버스를 타고 나와 마르코스는 카미노의 최종착지점인 피스테라로 향했다. 산티아고 데 콤포스텔라에서 버스로 2시간. 약 90km 떨어진 지점에 있는 유라시아 대륙 최서단의 곳, 온화한 어촌 마을에 도착했다. 바다가 가까워서인지 하늘이 맑은 파란색을 띠고 있다. 해산물 식당가를 지나 완만하게 곡선을 그리는 해안선을 따라 마지막 걸음을 즐긴다.

아스팔트 언덕을 올라가니 돌출된 곳의 끝부분에 선 흰 등대가 안개 속에 아련히 보인다. 여기가 정말로 이 길의 끝이다. '땅끝'이라는 이름 그대로 황량한 절벽 앞엔 차가운 청색 바다가 무한히 펼쳐져 있다. 눈앞을 가로막는 건 아무것도 없다. 매서운 바람이 불면 멀리서부터 몰려오는 군청색 파도가 하얀 팔로 물을 끌어모아 거칠게 눈 아래 바위에 몸을 부딪힌다. 바다는 하늘과 합류하는 부분에서 희미하게 사라져버렸다. 그 너머엔 무엇이 있을까. 상상할 수 없을 만큼 먼 곳까지 새로운 공간이 여기서부터 이어지고 있다. 문득, 옆에서 바다를 바라보고 있던 마르코스가 입을 열었다.

"미유키, 다시 한 번 물을게. 'What is life?(인생이란 뭘까?)'"

여행을 끝내고 지금의 내게 남아 있는 것. 그건 셀 수 없이 많은, 사람들의 말이었다. 그들이 무심코 뱉은, 생각하기도 전에 나온 그 말들, 영혼으로부터 나온 그 말들이 나를 지탱해주고 길을 만들어주었다. 그것들이 없었다면 800km를 다 걷지 못했을지도 모른다.

글을 쓰고 싶다, 언젠가 그런 말을…… 그렇게 생각한 순간 내 입에서 말 한 마디가 튀어나왔다.

"Life is writing.(글을 쓰며 사는 것.)"

어디서 나온 건지 나 자신도 알 수 없었다. 지금까지 그런 건 전혀 해본 적도 없는데.

탁류처럼 흐르며 이어진 많은 사람들과의 만남, 그것이 내 안의 진흙을 씻어내 완전히 새로운 사람으로 만들어주었다. 그 속에

서 새로운 말들이 싹을 틔웠다. 그것이 김양주 선생님이 말씀해주신 '쓸데없는 것을 씻어내고 나서 마지막에 남은 나 자신'인지도 모르겠다. 하지만 그걸 발견한 지금부터가 실전이다. 앞으로 어떻게 할 것인가. 직장이 정해진 것도 아니다. 모든 건 다시 제로. 문득 누군가가 했던 말이 생각났다.

"카미노는 성지에 도착했다고 끝난 게 아니야. 오히려 그때부터가 진짜 여행인 거지."

분명 그 말대로다. 성지에 도착하면 무언가 바뀌어 있을 거라고 생각했었다. 하지만 아니었다. 나는 약하고, 도망치고, 금방 지치는 그 모습 그대로다. 그렇대도 괜찮아. 거기서부터 다시 시작하면 돼. 나의 시작은 분명 주변 사람들과의 관계 속에 있다.

누군가 신발을 태우고 있다. 하얀 연기와 고무 냄새가 바닷바람을 타고 멀리 흘러간다. 부딪히는 파도 소리가 나를 부른다. 여기서부터 저 먼 미래로.

돌아가자. 나의 길은 이제부터 계속해서 이어질 테니까.

제
2
장

All about Camino de Santiago

스페인 순례의 모든 것

1

카미노로
당장 떠나야 하는 이유

*

평범한 여행과는 차원이 다른
카미노 데 산티아고의 7가지 매력

최장 800km의 여정을 다양한 수단으로 답파하는 카미노 데 산티아고(이하, 카미노)는 스페인 북서단에 있는 기독교 3대 성지 중 하나인 '산티아고 데 콤포스텔라'를 목표로 걷는 길이다.

이렇게 말하면 "에? 800km나 걸어야 해?"라거나 "기독교 신자가 아니면 안 되는 거 아냐?" 하는 의문을 품고 자기도 모르게 마음 한구석에서 이미 포기해버릴지도 모르겠다. 하지만 카미노는 오직 이곳에서만 할 수 있는 체험으로 모두들 입 모아 추천하는 매력 넘치는 길이다.

실제로 이 길을 걸은 사람들은 모두 다 "가길 잘했다!"고 말한다. '또 걸어야지!' 하고 생각하는 사람도 있고, 실제로 몇 년에 한 번씩 찾아오는 열혈 단골들까지 있다. 어느 지점에서 시작해도, 어느 지점에서 그만둬도 상관없다. 얼핏 알고는 있지만 제대로는 잘 모르는 스페인 순례. 내가 생각하는 카미노의 매력은 이렇다.

• **숙박비가 거의 들지 않는다!**

순례자들은 순례길을 따라 점점이 들어서 있는 '알베르게(순례자 숙소)'에서 묵을 수 있다. 거의 모든 대로변과 마을에 반드시 하나는 있는, 말하자면 순례자들의 터미널과 같은 곳이다. 순례자들의 여권인

149

'크레덴시알'을 가지고 있으면 누구든 숙박할 수 있다.

알베르게는 깜짝 놀랄 정도로 숙박료가 저렴하다. 기독교 협회 공설 숙박이면 대체로 5유로 전후로 도미토리식 숙소에 묵을 수 있다. 사설 숙소도 있지만 그렇다 해도 10유로 전후. 보통의 게스트하우스에서 묵는 경우와 비교하자면 파격적인 가격이다. 그중에는 완전 기부제로 운영하는 곳이나 식사와 서비스가 포함된 곳도 있다. 내가 20일에 걸쳐 500km의 여정을 걸었을 때는 숙박료가 전부 합쳐 80유로 정도(약 10만원)였다.

"공짜 숙소면 어차피 형편없는 거 아냐?"란 생각은 마시길. 물론 앞사람들의 손때로 얼룩진 낡은 곳도 있지만 개중엔 지은 지 얼마 안 된, 디자이너스 호텔인가 싶을 정도로 반짝반짝하고 세련된 곳도 있다. 낡았든 새것이든 관계없이 모든 알베르게가 호스피탈레로(자원봉사자로 알베르게의 관리인, 여성의 경우에는 호스피탈레라)의 손으로 청결하게 유지되고 있다.

알베르게마다 개성이 뚜렷하다. 사아군이라는 마을에 있는 오래된 수도원을 개축한 곳이나, 비야프랑카 델 비에르소에 있는 '아베 페닉스Ave Fenix'와 같이 순례자들이 손수 세운 곳 등 종류도 다양하다. 그렇기에 '오늘 묵는 곳은 어떤 곳일까?' 하는 기대와 함께 매일 찾아오는 변화를 즐길 수 있다.

• 밥이 맛있고 저렴하다!

여러 개의 순례길 중 대표적인 길인 '프랑스인의 길'은 스페인 북동부 바스크 지방에서 북서부의 갈리시아 지방까지 네 개의 주를 관통하는 길이다. 주에 따라 문화나 식습관이 달라 다양한 얼굴을 내보이는 것이 스페인의 매력인 만큼, 한 걸음 한 걸음 나아가며 주를 넘어가면 그 문화의 차이를 생생하게 느낄 수 있다.

그중에서도 차이가 확실히 드러나는 건 무엇보다 음식이다. 바스크 지방에서는 신선한 어패류나 '핀초스'라고 부르는 전통 요리, 나바라 주에서는 명물 초리소, 바다에 가까운 갈리시아 지방에서는 신선한 바칼라오(대구)나 문어 등 지방 고유의 먹거리가 셀 수 없을 정도로 많다.

게다가 순례길은 대체로 시골이므로, 바르셀로나 마드리드와 비교해 깜짝 놀랄 정도로 저렴한 가격에 명물 요리들을 즐길 수 있다. 레스토랑도 저렴하고, 슈퍼마켓에서 구매한 식재료로 세끼를 직접 지어 먹는다면 하루 10유로 정도로도 식비가 충분하다.

그리고 무엇보다도 와인이 물보다 싸다! 순례길이 펼쳐지는 북스페인은 와인의 명산지. 가가와현에서는 수도꼭지를 틀면 우동 국물이 나온다고들 하는데 말 그대로 수도꼭지를 틀면 와인이 나오는 게 바

로 북스페인. 순례길 도중엔 정말로 틀면 와인이 나오는 수도꼭지도 만날 수 있다.

하루의 여정을 끝낸 뒤 잔디가 깔린 숙소 정원에서 햇볕을 받으며 와인 한잔 하는 기분은 그 무엇과도 비교할 수 없다. '오길 잘했다!'는 생각이 드는 순간이다.

• 전 세계 사람들의 다양한 인생관을 접할 수 있다

순례길에는 전 세계 여러 인종, 계층, 직종의 사람들이 모인다. 미국의 대기업 경영자부터 갭 이어로 삶의 방향을 찾고자 온 학생, 직장을 그만둔 젊은이, 다섯 살 남자아이, 퇴직한 할아버지, 브라질의 엘리트, 멕시코의 목사, 남아프리카의 대부호, 노숙자 등등 다양한 사람들이 각자의 출신이나 신분에는 전혀 아랑곳 않고 서로 도우며 성지를 향한다.

그중에는 물론 경건한 기독교 신자도 있지만 최근엔 일반인들도 자아를 찾으러, 혹은 은퇴 후의 인생을 고민해보기 위해, 신혼여행으로 등 다양한 목적을 지니고 이곳을 찾는다. 성수기에는 매일 200명 가까이에 이르는 '인생의 여름휴가'를 떠나온 사람들과 함께 삶에 대해 이야기를 나누고 와인을 마시며, 즐겁게 길을 걸을 수 있다.

그렇게 생각하면 숨이 턱 막혀 싫다는 사람이 있을지도 모르겠다. 여

기서 결코 '친한 척'을 하며 일부러 어울리려 하지 말라고 이야기해두고 싶다.

개인주의가 강한 유럽인들답게 인간관계는 매우 건조하면서 단편적. 순례자들끼리라고 해서 가깝게 지내야 한다는 부담감 같은 건 전혀 없다. 누가 강요하지 않아도 '혼자'라는 게 기본적인 개념으로 인식돼 참으로 편안한 거리감이 전 순례자들 사이에 감돈다. 한 순례자는 이렇게 말했다. "이곳은 인간이 확실히 존재하는 곳이지. 그러니까 안심하고 혼자가 될 수 있어."

이곳에서는 모든 사람이 성지를 향한다는 하나의 목표를 안고 걸어간다. 목표가 같으므로 친해질 수 있는 반면, 무리해서 친하게 지낼 필요도 없다. '옷깃만 스쳐도 인연'이라고 하지만 "그래서, 그게 뭐라고!"라며 쿨하게 넘길 수 있는 곳이 바로 카미노다. 그런 환경에 둘러싸여 걷고 있자면, 사람의 가치관이 정말로 다양하다는 걸 싫어도 깨닫게 된다. '아아, 내가 지금까지 상식이라고 생각했던 게 정말로 별것 아닌 것이었구나.'

그렇게 점점 확신이 사라질 때쯤 '그럼, 내 인생에서 가장 소중히 여기고 싶은 건 대체 뭘까?' 하는 새로운 관점이 나타난다. 그것이 바로 순례의 좋은 점이다.

• 최적의 다이어트 코스! 날씬하고 건강한 몸으로 탈바꿈한다

순례 중 매일 6~8시간은 깊은 숲 속이나 산길을 끊임없이 걸어야 한다. 그만큼 오랜 시간 유산소운동을 하게 되니 자연스럽게 탄탄한 근육이 붙은 멋진 몸이 그 모습을 드러내게 될 것이다. 고칼로리에 기름진 스페인 요리를 과하게 섭취하고 흘린 땀 이상의 맥주를 들이켜지만 않는다면!

• 세계유산으로 가득한 축복 받은 길!

스페인하면 세계유산. 역사가 오래된 순례길에선 세계유산으로 지정된 유명한 건축물들을 여기저기서 찾아볼 수 있다. 부르고스나 레온의 거리에 있는 대성당이나 가우디가 설계한 아스토르가 교회, 폰페라다 성전기사단의 요새로 쓰인 성 등 오래된 건축물의 아름다움과 정교함은 글로 다 표현할 수 없다. 역사나 건축을 좋아하는 사람에게는 이곳이 그야말로 보물. 아름다운 세계유산을 보는 것만으로도 충분히 가볼 만한 가치가 있다.

또한 대자연의 아름다움도 이 길을 걷는 커다란 즐거움이다. 800km

가우디가 건축한 수도원(아스토르가)

에 이르는 순례길을 걷다보면 산과 계곡 등 다양한 지형을 만나게 된다. 피레네 산맥 너머에서부터 시작해, 끝없이 넓게 펼쳐진 해바라기 밭이나 〈원령공주〉(일본 지브리 애니메이션 영화)의 무대와도 같은 이끼가 낀 깊은 숲, 바위로 가득한 언덕 등 다채로운 표정을 지닌 대자연의 터널 속을 빠져나간다. 스페인에서만 볼 수 있는 광활함과 아름다움, 시시각각 변하는 표정은 틀림없이 당신의 가슴을 울릴 것이다.

내가 가장 감동했던 순간은 표고 약 1,300m의 세브레이로 정상을 넘어갈 때다. 저녁 무렵, 완전히 지친 몸을 이끌고 정상에 도착해 쓰러지듯 잠든 다음 날 아침, 잠이 덜 깬 눈으로 숙소 밖에 나와보니 눈앞에 새하얀 구름이 바다처럼 펼쳐져 있었다! 내가 올라온 험한 길이, 발 아래 수십 센티가 폭신폭신한 구름으로 뒤덮여 있던 그 광경은 말로는 다 표현할 수가 없다.

• 어학 실력이 쑥쑥!

세계 각국 사람들이 모여드는 이 길에서, 자연스럽게 대화는 영어가 중심이 된다. 하루 종일 외국어로 이야기를 하는 경우도 있어, 어학연수를 온 듯한 기분이 든다. "2주 동안 어학연수를 갔었는데 말할 기회도 거의 없이 끝나버렸다"는 이야기를 자주 듣는데, 그보다 훨씬 더 어학 실력이 향상될지 모른다.

설령 어학에 자신이 없어도 괜찮다. 스페인 사람은 상당히 태평한 성격이라 영어를 전혀 하지 못하는 할아버지라도 거침없이 말을 걸어온다. '어떻게든' 통하는 게 바로 이 순례 월드. 순례길을 다 걷고 끝을 맞이할 무렵에는 분명 시작했을 때보다 훨씬 어학 실력이 업그레이드된 자신을 발견할 수 있을 것이다.

• 나 자신과 대화하는 소중한 시간을 가질 수 있다

　매일 오랜 시간 걷다보면 싫어도 혼자만의 시간을 갖게 된다. 대자연 속을 홀로 꾸준히 걷는 건 그야말로 '자신과의 대화'를 나누는 시간이다. 살면서 아무 목적도 없이 천천히 몇 시간씩 걸을 일은 자주 없다. 그 '공백'의 시간 속에서 평소 끌어안고 있던 고민이나 의문에 대한 답이 마음속 깊은 곳으로부터 두둥실 떠오르는 때가 있다. 그렇게 '텅 빈 자신'이 되는 정화작용이 이 순례길에 존재한다. 우리는 평소 '이렇게 해야만 한다'거나 '이런 모습이어야만 한다'는 '강박론'에 묶여 산다. 그러는 사이 내가 정말로 바라던 것이나 고민하는 것에 대한 답을 놓치고 마는 것이다. 하지만 이 길에는 '강박'이 없다. 자기 페이스로 걷고, 자기 페이스로 쉰다. 거기에 있는 건 대자연과 자신의 몸뿐이다. 해야 하는 일은 단지 하나. '걷는 일.'

　몸을 혹사해 지치고 기진맥진한 채 자의식이 텅 비었을 때 돌연 대지에 물이 솟아오르듯, 갑자기 자신의 진짜 바람이나 답이 내면에서부터 펄펄 끓어오를 때가 있다. 몸을 혹사하는 건 자신의 다음 행선지를 결정하기 위한 중요한 창구인 것이다.

　'다음으로 해야 할 일을 찾지 못해서', '자신의 인생을 생각하고 싶어서.' 순례에 참가하는 사람이 많은 것도 그런 이유가 아닐까. 내키지 않더라도 그런 상태에 처하게 하는 게 카미노의 좋은 점이기도 하다.

　'자아 찾기'란 말은 왠지 촌스럽고 쑥스럽다. 하지만 인생을 살다보면 한번쯤 저 바다 끝까지 내몰려 살아갈 힘이 나지 않고 '이제 자아 찾기라도 해보는 수밖에……'라고 말하고 싶어질 때가 생기기도 한다. 그런 때, 어떻게든 되라는 심정으로 이 길을 걷다보면 신기할 정도로 마음이 가벼워지고 '다음으로 가볼까!' 하는 생각이 들게 된다. 그러니 자신이 무슨 일을 하고 싶은지 모르겠는 사람, 테마가 있는 여행이 유행이라지만 덥고 불편한 나라는 싫으니 에어컨 빵빵한 방에서 트위터나 보며 아이스크림이나 먹고 싶은 사람이 있다면 그런 사람에게야말로 카미노를 추천하고 싶다. 이 길엔 인생을 세탁하기 위한 모든 조건이 갖춰져 있다. '인생의 여름방학'을 보내기에 최고의 장소인 것이다.

2

스페인 순례 기초 지식

• 불같은 성격의 성 야고보에게서 비롯된 서쪽 성지

산티아고 데 콤포스텔라는 예루살렘, 로마와 어깨를 나란히 하는 기독교 3대 성지 중 하나. 왜 이곳이 기독교 성지가 되었는지 그 역사를 간단히 알아보자.

산티아고란 기독교의 성인, 성 야고보의 스페인어 이름이다. 이렇게 말해도 기독교 신자가 아니라면 이 이름이 익숙하지 않을 것이다. 성 야고보는 그 유명한 그림 〈최후의 만찬〉에서 중앙에 앉은 예수의 바로 옆에 있는 인물, 즉 예수의 측근이다. 야고보는 베드로와 요한과 함께 예수 최초의 제자로 예수의 사후, 그의 가르침을 열심히 포교한 사람 중 하나다. 성서에 따르면 상당히 난폭한 자로 예수에게 종종 화를 냈던 인물이라고 한다. 하지만 포교활동에는 열성적이어서 당시 켈트족의 종교인 드루이드교가 전성기를 맞이하고 있던 스페인에서 박해를 받으면서도 가르침을 전파했다.

하나 포교가 좀처럼 잘 되지 않아 결국 야고보는 기원전 44년에 예루살렘으로 귀환한다. 그의 영향력을 두려워한 당시의 유대왕 아그리파는 야고보를 살해하고, 그 유해조차 고향 땅에 묻는 것을 허락하지 않았다. 제자 두 명이 거둔 그의 유해는 배에 실려 표류하게 된다. 무척이나 불운한 일생을 보낸 것이다. 유골은 흘러 스페인의 파드론에 도착하고, 이곳에서야 겨우 제자들은 야고보의 매장을 허락받는다. 9세기 초 야고보의 묘가 발견되어 그 땅에 세워진 것이 거리의 상징이 된 산티아고 대성당이다. 8세기 초부터 스페인에서 일어난 기독교 신자 대 이슬람교 신자의 전쟁에 때때로 죽은 야고보가 백마를 타고 전장에 나타나 적군을 무찌르고 기독교 군을 구했다는 전설이 전한다. 덕분에 현재 그는 스페인의 수호신으로 여겨지며 두터운 신앙을 얻고 있다.

• 산티아고 순례의 시작은 11세기

11세기 이전, 유럽의 기독교 신자는 예루살렘을 성지로 순례하고 있었다. 하지만 11세기 이후, 이슬람국가의 셀주크 왕조에게 예루살렘이 점거당한다. 예루살렘을 순례하기가 곤란해지자 사람들은 산티아고를 주목하기 시작했다. 많은 신자들이 유럽 각국에서 산티아고에 이르는 길을 걷게 되면서 로마 제국이 길을 정비하고, 클뤼니 회라고 불리는 기독교 교회가 순례자들을 구호하는 시설과 교회를 차례차례 짓기 시작했다. 12세기에는 연간 약 50만 명에 이르는 순례자가 이 지역을 찾았다니 놀라운 일이다.

그 후, 페스트가 유행하고 전란이나 기독교 내부 분열로 신앙의 형태가 변화하면서 순례길의 인기가 떨어져 점차 사람들에게서 잊히게 되었다. 하지만 19세기 후반, 당시의 대주교 파야 이 리코의 지도 아래, 산티아고 대성당의 제단 아래서 성 야고보의 유골이 발굴돼 사람들은 전과 마찬가지로 성 야고보의 묘 앞에서 기도할 수 있게 되었다. 그 뒤로 이 길이 인기를 되찾은 건 지금으로부터 25년쯤 전으로, 지금까지 그 인기는 상승 곡선을 그리며 계속되고 있다. 1985년에 2,491명이었던 순례자가 2007년에는 11만 4026명까지 늘어났고, 그중에서도 성

목표는 산티아고 데 콤포스텔라

년인 2010년에는 27만 2135명으로 실로 수많은 사람이 성지 산티아고를 찾고 있다.

• 성 야고보를 기리는 산티아고 대성당

순례의 최종 목표는 성 야고보를 모시는 산티아고 대성당이다. 유명한 관광지이기도 한 이곳에는 순례자뿐만 아니라 매일 수천 명에 달하는 미사 참여자가 방문해 기도를 올린다. 산티아고 구시가의 중심지 오브라도이로 광장 정면에 솟아 있어 광장에서 그 전모가 우러러보인다. 지금은 개축 중으로 2017년에 공사가 종료될 예정이다. 탑의 일부는 보이지 않지만 매우 장엄하고도 아름다운 건물이다. 성당 내부에는 '이새의 나무'를 본뜬 대리석 기둥이 있어, 이곳에 도착한 순례자들은 기둥에 손을 대고 감사의 기도를 올린다. 이미 몇 백만이나 되는

정오 미사에서 춤추듯 흔들리는 보타푸메이로

사람들이 만져 손 모양으로 파여 있다. 이곳에 모신 성 야고보상을 끌어안고, 순례 전에 결심한 것을 성취했다면 그것을 보고하는 풍습도 있다.

대성당에서는 하루에도 몇 번씩 미사가 진행되는데 그중 하이라이트는 뭐니 뭐니 해도 정오의 대미사. 그날 도착한 순례자의 수와 출발지, 출신 국가를 낭독하는 대미사에선 운이 좋으면 그 옛날 여행에 찌든 순례자들을 정화하기 위해 뿌렸다는 거대한 보타푸메이로(향로)를 체험할 수도 있다. 파이프오르간이 울려 퍼지는 가운데 허브향을 품은 거대한 보타푸메이로가 천장에 매달려 신부들이 움직이는 줄에 따라 머리 위에서 천천히 흔들리는 모습은 그야말로 압권. 골인했다는 사실이 실감나 한층 더 기쁨이 밀려온다. 정오 미사에 참가하려면 꼭 오전 중에 산티아고에 도착해야 한다는 사실을 잊지 말 것.

*
순례자 여권과 순례 증명서

순례자는 '크레덴시알'이라고 부르는 순례자 여권을 출발 지점에서 발행받아 길을 걷는 중간중간 '세요'라고 부르는 스탬프를 모을 수 있다. 이것을 휴대하고 있으면 거리마다 위치한 알베르게에서 매우 저렴한 가격으로 숙박할 수 있다. 장소에 따라 스탬프 디자인이 달라 어디에서 여행을 시작했는지, 어떤 거리를 지나왔는지 한눈에 알아볼 수 있다. 숙박처나 교회뿐만 아니라 순례길에 있는 레스토랑이나 바 등, 다양한 장소에서 오리지널 스탬프를 준비해두고 있어 스탬프를 모으는 재미도 만끽할 수 있다. 순례자 중에는 여기에 과하다 싶을 정도로 열의를 불태우는 사람도 있다.

순례 증명서를 받으려고 줄을 선 사람들

또한 순례길을 걸은 사람은 성지에서 '순례 증명서(콤포스텔라)'를 받을 수 있다. 순례자 중 다수가 이것을 기대하며 성지를 목표로 한다. 도보와 말의 경우에는 산티아고까지의 마지막 100km가량을, 자전거의 경우에는 마지막 200km가량을 답파하는 것이 발행 조건이다.

산티아고에 도착하면 대성당 근처에 있는 순례 증명서 발행소를 찾아갈 것. 거기서 크레덴시알을 제출하고 먼저 기준 거리 이상을 걷거나 달려왔는지 증명한다. 다음으로, 순례의 동기를 물어보는데 '종교적, 혹은 정신적인 이유'라고 대답하면 된다. 이상의 두 가지 임무를 완수하면 증명서를 받을 수 있다. 다른 동기로 대답했거나 거리 조건을 채우지 못했더라도 '도달 증명서'를 발급받을 수 있다.

순례 증명서는 땀과 눈물의 증거. 틀림없이 평생 간직할 추억이 될 것이다.

*

기독교 신자뿐 아니라 누구라도 환영받는 길

기독교 순례길이라고 하면 '독실한 기독교 신자만 있는 거 아냐?' '종교가 없는데 가도 괜찮을까?'라고 생각하는 사람이 있을지도 모르

순례자 여권

겠다. 하지만 전혀 문제가 되지 않는다는 점을 잊지 말자. 상상해보라. 불교 순례 코스인 시코쿠 88개의 절을 불교를 잘 모르는 외국인이 걸었다고 해서 이상하다고 생각하는 사람이 있을까? 카미노는 모두에게 열려 있는 길, 지금은 더더욱 종교색이 옅어진 길이다.

불교 신자든 무슬림이든 오케이. 실제로 내가 그 길을 걷고 있을 때도 프랑스에서 온 젊은 무슬림 남성을 만났다. 그는 "자신의 종교 외의 것을 이해하고 싶었다"며 친구와 함께 걷고 있었다. 어떤 종교를 믿든 그 길의 정신을 이해하는 사람이라면 카미노는 흔쾌히 환영한다. 당당한 마음으로 걷자.

*
언제 걸을까? 순례 여행하기 좋은 계절

언제 갈까? 순례자에게는 아주 중요한 문제다. 카미노는 자연 속을 걷는 야외 활동이므로 비나 눈, 더위와 추위가 그 가혹함을 좌우한다. 걷기 좋은 날씨나 기온은 사람마다 다르겠지만, 보통 추천할 만한 계절은 봄이나 가을이다. 유럽의 봄은 4~6월. 이 시기 스페인은 날씨도 온화하고 아름다운 경치를 뽐낸다. 또한 더위가 한풀 꺾이는 9~10월도 순례자의 수가 많지 않아 걷기 좋다. 다만 비교적 비가 잦다. 7~8월은 유럽 학교들이 여름방학에 들어가므로 청소년과 학생들로 북적거린다. 8월의 뜨거운 날씨는 고령자들에겐 다소 힘들 수 있다.

스페인 북부는 봄부터 가을까지 낮이 활짝 개 더운 날이 많으므로 모자나 자외선차단제를 챙기는 게 좋다. 또 여름이라도 밤은 서늘하므로 방한구가 필수. 반대로 비성수기인 11월에서 3월 사이는 눈 때문에 자주 길이 막혀 위험하므로 산길을 걷는 데 익숙한 사람이 아니라면 추천하지 않는다. 또한 동절기에는 휴업하는 알베르게도 많으니 주의해야 한다.

*

어떻게 걸을지는 자유!

2010년 순례 증명서를 교부받은 사람은 19만 명 정도지만 산티아고를 방문한 사람은 150만 명을 웃돈다. 순수 관광객을 제외하고도 100km 지점에서부터 성지까지 걸어온 사람보다 훨씬 많은 사람이 순례길을 걸었다는 뜻이다. 매년 휴가 때마다 100km씩 걸어 10년에 걸쳐 모든 코스를 걸었다는 사람이 있는가 하면 비행기 왕복 티켓을 미리 끊어 걸을 수 있는 만큼 걷고 남은 거리는 버스를 타 성지에 도착했다는 사람도 있다. 차나 버스로 순례하는 사람, 투어로 참가하는 사람도 많다. 한번 그만둬도 시간을 내 다시 같은 지점에서 출발하면 순

순례 증명서와 스탬프가 가득한 순례자 여권

례 증명서를 받을 수 있으므로 길게 휴가를 내지 못해도 답파할 수 있다. 시코쿠헨로의 '나눠 걷기'와 같은 방식이다. 체력에 자신 없는 고령자나 바쁜 직장인이라도 매년 혹은 몇 년 간격으로 조금씩 걷다보면 카미노를 정복할 수 있다.

또한 장기 배낭여행 중에 순례길의 한 구간만 다른 순례자들과 함께 걷는 사람도 있다. 내가 순례 중에 만난 이탈리아인 사이클리스트 그레고리오는 밀라노에서 영국까지 자전거 여행을 하는 도중, 순례길 코스인 부르고스~레온 사이를 거쳐 히혼까지 북상, 거기서부터 페리를 타고 영국 포츠머스로 건너간다고 했다. 산속을 지나는 것과 달리 교통편이 좋고 터미널이 되는 곳을 경유해 나아가는 여정이 유연한 루트 편성을 가능하게 했단다.

많은 사람이 걷기 시작하는 곳은 바르셀로나나 마드리드에서 쉽게

갈 수 있는 도시. 소몰이 축제로 유명한 팜플로나, 리오하의 대도시 로그로뇨, 500km 떨어진 부르고스, 300km가량 떨어진 레온, 가우디 건축이 있는 아스토르가, 폰페라다, 그리고 100km가량 앞쪽인 사리아다. 이런 도시들로는 장거리 버스와 국철이 하루에도 몇 대씩 다니니 일정에 맞춰 출발 지점을 정하자.

순례길을 걷다보면 '역주행 순례자'도 만날 수 있다. 성지에 다다른 뒤 온 길을 그대로 되돌아가는 사람들이다. 또 말이나 당나귀, 애완견을 데리고 걷는 사람도 있다. 노숙이나 캠프를 하며 성지를 향하기도 한다. 가기에 멀고 휴가를 쓰더라도 한 번에 걷긴 힘들다고 해서 포기하기엔 아깝다. 어떤 방법으로도 걸을 수 있는 길, 그게 바로 카미노다.

*

카미노, 자전거로 갈 수 있을까?

도보 순례자 다음으로 많은 것이 산악자전거 등을 이용해 자전거로 순례하는 사람들이다. 2004~2014년 통계를 보면 순례 수단별로 도보가 85.4%, 자전거가 14.2%, 말이 0.4%이다. 유럽은 특히 자전거 인구가 많아 순례길은 유수의 사이클링 로드로도 잘 알려져 있다. 길을 걷다보면 헬멧을 쓴 자전거 집단이 산림, 습지, 오프로드를 개의치 않고 휙휙 옆으로 지나간다. 보행자용 순례길 근처에는 국도가 뻗어 있어 아스팔트와 산길을 각각 달리며 상쾌한 여행을 즐긴다. 숙소는 도보 순례자들과 마찬가지로 공영이든 사설이든 상관없이 알베르게에 머물 수 있지만 마을이나 거리에 따라서는 자전거를 둘 수 있는 숙소가 한정되어 있으니 가이드북으로 체크해두자. 사설로 운영되는 숙소는 대부분 자전거가 허용된다.

출발할 때 자전거를 가지고 오는 사람도 있고, 마드리드나 바르셀로나, 산세바스티안 등의 도시에서 자전거를 구입해 시작하는 사람도 있다. 규모가 큰 거리라면 순례길 도중에도 자전거 용품을 판매하는 가게나 수리점이 있으니 안심할 수 있지만 만의 하나 사고가 나거나 고장이 났을 땐 주변 자전거 순례자들에게 도움을 청하자. 그러려면 산에 눈이 쌓여 사람이 별로 없는 비수기는 피하는 편이 안전하다. 여름이나 초가을, 녹음이 푸르른 때에 우거진 숲 속을 질주하다보면 절로 마음이 시원해질 것이다.

*

스페인어를 못해도 걸을 수 있다?

순례를 하고 싶다는 사람들에게 자주 받는 질문이다. 어학 능력이 부족해도 전혀 문제없다. 30대 초반 여성 M은 영어도 스페인어도 모르는 채 9월에 혼자서 순례 여행을 떠났지만 마음껏 만끽하고 돌아왔다. (칼럼 2 참조) 짧은 단어 정도밖에 영어를 말하지 못해도 의사소통을 해야겠다는 의지만 있다면 어떻게든 된다. 애당초 길을 걷는 스페인 사람이나 이탈리아 사람들 중에도 영어를 못 하는 사람이 가득하다. 하지만 왠지 상대가 하는 말이 전해지니 신기한 노릇이다. 어학이 안 돼서……라는 이유로 망설이는 것은 아까운 일이다. 최소한의 스페인어 단어는 기억해두면 도움이 되지만 그 외의 어려운 일들은 너무 신경 쓰지 말고 즐겨보자.

순례길에는 모혼mojón이라고 불리는 돌이 많다.

*
아시아인은 많을까?

순례자 수는 매년 증가하는 추세로 2014년에 처음으로 천만 명을 넘었다. (대한민국 산티아고 순례자 협회 제공) 한국에서도 2006년부터 순례 붐이 일고 있다. 매년 꾸준히 증가하기 시작한 이 수치는 2015년 4,000명을 돌파했다. 항공 회사의 포스터에도 카미노 순례길 풍경이 한 컷을 차지하면서부터 인기에 불이 붙었다고 한다.

단, 유럽과 미국에서 오는 방문자가 압도적으로 많아 상대적인 수는 적다. 하지만 그렇기 때문에 더욱 친해질 수 있다. 무엇보다 문화도 풍습도 언어도 전혀 다른 유럽에서 만나는 아시아 사람은 왠지 안심이 되는 존재다. 주로 내가 만난 사람들은 다음과 같다. 학생, 일을 그만두고 이직하는 사이에 온 20~40대 젊은 사회인, 장기 배낭여행객, 이탈리아 여행 후 산을 걷는 것을 좋아해 찾아온 할아버지, 그중에는 스님이 다른 종교의 문화를 배우고 싶어 왔다(!)고 하는 경우도 있었다. 주변에서는 결코 만날 수 없었을 것 같은 사람과 친구가 될 수도 있다. 모국어 말곤 말하지 못해도 비수기가 아닌 이상 처음부터 마지막까지 혼자가 되는 일은 없을 것이다.

*
나이가 많은 사람도 걸을 수 있을까?

아이부터 노인까지, 누구에게나 열려 있는 카미노. 많은 고령자가 나이를 신경 쓰지 않고 이 길을 걷는다. 통계에 따르면 2004~2014년 사이의 순례자들 중 전체의 약 13.3%가 60세 이상. 나아가 2004년 60세 이상인 순례자는 1만 4561명이지만 2014년에는 3만 7774명.

무려 10년 사이에 배로 늘어난 것이다. 특히 더위가 한풀 꺾이는 9월과 10월에는 고령자 수가 증가한다. 그룹으로 참가하거나 산길을 혼자 걷는 게 불안한 사람은 가이드와 함께해도 좋다.

짐을 지고 다니는 게 힘든 사람에게 편리한 짐 운반 서비스도 있다. 알베르게에서 호스피탈레로에게 받은 잠금 장치가 달린 봉투에 이름과 연락처, 다음 숙박소를 적는다. 비용(5~6유로)을 그 안에 넣어 가방에 묶고 나서 아침에 가방을 지정 장소에 놓아두면 그날 오후에 다음 숙박소로 옮겨다주는 방식이다. 택시를 부르는 것도 가능하다.

순례길을 걷다보면 여러 수단을 이용해가며 쾌적하게 자기 페이스로 순례하고 있는 고령자를 많이 발견할 수 있다. 그들의 미소는 더할나위 없이 즐거워 보인다. 참고로 내가 우연히 만난 최고령 순례자는 86세였다. 나이가 많다는 이유로 그만두는 건 아깝기 그지없다. 휠체어를 탄 순례자도 약간이지만 눈에 띈다. 2014년에는 98명. 동행인은 필요하지만 최근 몇 년간 급속히 순례길이 정비되면서 고령자나 핸디캡이 있는 사람이라도 순례하기 쉬운 환경이 되었다.

*

규칙은 간단! 화살표를 따라갈 뿐!

카미노의 좋은 점은 뭐라 해도 룰이 심플한 점. 순례자들에게 주어진 규칙은 단 하나. '길가 곳곳에 그려진 노란 화살표를 따라가라'뿐이다. 길가의 돌, 아스팔트 도로, 벤치, 건물 벽…… 길을 걷는 도중 온갖곳에 그려진 노란색 화살표가 여기가 순례길임을 나타낸다. 순례자들이 헤매지 않도록 몇 십 미터에서 몇 백 미터 간격으로 그려두었으므로 화살표를 찾아 가리키는 방향으로 전진하기만 하면 자동으로 성지

갈리시아 지방에서 볼 수 있는 공식 마스코트 사코베오 군.

에 다다를 수 있다.

여행은 언제나 선택의 연속이다. 계획을 작성하는 것부터 시작해 어떤 교통수단을 선택할지, 어디에 묵을지, 무엇을 먹을지. 시간표를 조사해 맛있는 가게를 예약하고, 인터넷으로 소문난 사이트를 뒤지며 호텔을 찾는다…… 일상에서 벗어났다고는 해도 선택의 연속인 건 일상생활과 다름없다. 그에 비해 카미노를 걷는 건 그저 노란색 화살표를 따라가기만 하면 된다. 아주 심플하다. 시시각각 다가오는 선택에 매일 쫓기며 헤매는 요즘의 생활 속에서 그저 화살표를 따라 앞으로 걷기만 하면 되는 단순한 생활은 색다른 경험이 될 것이다.

* 길을 잃은 걸까? 생각될 땐!

순례길이 여행자에게 친절하다고는 하지만 전혀 헤맬 일이 없다고 말하기는 어렵다. 아무리 신경을 쓰고 있어도 해가 뜰 무렵이나 질 무렵 어둑어둑한 길에서는 화살표를 잃어버리기도 하고, 갈림길에서 어딘가 미묘한 방향을 향하고 있는 화살표를 앞에 두고 머리를 싸매는 경우도 적지 않다. "엉뚱한 길로 들어섰다가 미아가 돼 몇 킬로나 다시 되돌아왔어……" 하는 말도 가끔 듣는다.

헤매는 것도 새로운 경험이긴 하지만 고생을 줄이려면 '화살표는 수십~수백 미터 간격마다 있다'는 사실을 명심하고, 1km가 넘게 걸어도 화살표가 보이지 않을 땐 다른 순례자가 지나가길 기다리거나 되돌아가자.

* 빠릿빠릿 걸을까? 느릿느릿 걸을까?

순례 페이스는 사람마다 각자 달라 다른 사람들에게 맞춰 걷는 건 좋지 않다. 하루 5km씩 걸어 전체 거리를 답파하는 고령자가 있는가 하면, 산악 마라톤처럼 매일 장거리를 꾸준히 달리는 사람도 있다. 걷기 시작하고 며칠이 지나면 각자 대강 하루에 걸을 수 있을 만한 거리를 신체 감각으로 알 수 있게 되지만, 머무는 기간에 따라 아무래도 하루 이 정도 페이스로는 걸어야겠다고 생각하는 경우도 있을 것이다. 사전 계획에 참고가 될 만한 몇몇 사례를 소개한다.

- **빨리빨리 걷는 활동파**

하루 30~40km 정도 걸어야 빨리빨리 걷는 활동파.

서울 지하철 9호선의 시작점부터 종착점까지가 32km가량이므로 대체로 매일 그 정도를 걷는다고 생각하면 된다. 하루 7~8시간씩 걷게 되므로 꽤나 힘들지만 매일 목표 거리를 달성하는 기쁨, 여기까지 걸어왔구나 하는 상쾌함을 느낄 수 있다. 골인 지점은 저 멀리. 얼마든지 한계에 도전할 수 있는 카미노는 스포츠 감각으로 자기 자신과 마주하고자 하는 사람에게는 최고의 장소다.

그렇다고는 해도 순례 도중에는 2~5km 간격으로 작은 거리나 마을이 나타나고 물을 얻을 수 있는 곳이나 휴게소도 정비되어 있어 실제 걸어보니 생각보다 편했다는 게 나의 감상이다. 참고로, 생장에서 산티아고까지는 약 800km. 순례 중간 지점인 부르고스에서 산티아고까지는 약 500km다. 도쿄에서 오사카까지가 약 500km, 도쿄역에서 히로시마 오노미치까지가 735km. 대충 상상이 되는가? 서울에서 부산까지가 435km니 서울에서 부산을 왕복한다고 생각하면 좀 더 쉽게 다가올 것이다.

- **천천히 걷는 여유파**

그다지 조급하게 굴고 싶지 않은 데다 시간도 충분하다. 지쳤을 땐 같은 마을에서 이틀 정도 묵을 수도 있다. 느긋하게 여정을 즐기고 싶은 사람은 대체로 하루 10~30km 페이스로 걷는다. 특별히 목표를 정하지 않고 지치면 쉬고, 맛있는 것을 먹고 아침은 늦게까지 잘 수 있는 느긋한 여행을 즐기고 싶은 사람들은 주로 여기에 속한다. 여유파의 장점은 재밌는 숙박소를 찾았을 때 그곳에 묵을 수 있다는 점과 시간

에 신경 쓰지 않고 관광을 할 수 있다는 점. 그 지역의 명물을 알게 되
는 것 또한 즐거운 일이다. 경사가 험한 지역이나 산길을 걸어야 할 때
엔 설령 시간이 걸리더라도 경사가 완만한 다른 길을 선택할 수 있다.
이렇게 정규 루트 외에 또 하나 존재하는, 같은 장소에 도착할 수 있는
길을 얼터너티브 웨이라고 한다. 길지만 완만한 길, 짧지만 험한 길 두
종류가 있는 것이다. 곁눈질 하지 않고 원래의 길을 걸어가는 것도 좋
지만 샛길로 들어가 여유 있게 걸어보면 새로운 것들을 발견할 수 있
을 것이다.

*

어디에서 묵을까? 숙소의 기본은 알베르게

　앞서 말했다시피 순례자는 보통 알베르게라고 부르는 숙소에서 숙
박을 한다. 3~5km 간격으로 나타나는 거리나 마을의 대부분에 알베
르게가 있다. 크기나 시설은 거리나 마을에 따라 다양하다. 200명을
수용할 수 있는 대규모 시설도 있는가 하면, 열 명밖에 묵을 수 없는
간소한 숙소도 있다. 운영 주체도 국가, 주, 지방자치단체, 교회, 민간
등 다양하다. 기본적으로는 공영 알베르게가 저렴하고 최소한의 시설
을 갖추고 있다. 사설로 운영되는 알베르게(알베르게 프리바도라고 함)는
숙박비가 비싼 편으로(8~15유로 전후) 시설도 보다 충실하게 갖추고
있는 편이다. 알베르게 파로키아라 부르는 교회나 수도원이 운영하는
알베르게는 기부제로 운영하기도 한다. 알베르게 파로키아에서는 모
두 함께 식사를 만들고, 식전에 기도를 하거나 교회에서 진행하는 미
사에 참석하라는 권유를 받는 등 종교적인 관습을 지켜야 하는 곳이
많다.

공영 알베르게

편안히 지내고 싶다면 사설 알베르게도 좋다.

알베르게는 운영자나 호스피탈레로에 따라 개성이 넘친다. 한 곳도 같은 곳이 없다고 생각해도 좋다. 부르고스의 '카사 데 에마우스'처럼 호스피탈레로가 매일 저녁 식사를 대접해주는 알베르게가 있는가 하면 이주해온 이전 순례자들의 손으로 직접 만든 알베르게, 호화로운 수영장이 딸린 알베르게, 13세기 수도원 건물을 개축해 중세의 분위기를 간직한 엄숙함이 흐르는 알베르게까지 다양하다.

알베르게에 묵는 것은 펜션이나 호스텔에 묵는 것보다 훨씬 비용이 덜 들지만 제약이 많다. 예를 들어 아침 7시나 8시까지 체크아웃을 해야 한다. 체크인 개시는 점심 12시~1시 전후로 정해져 있다. 인기 알베르게의 문 앞엔 정오 전에 긴 행렬이 늘어서 있는 곳도 있다. 도보→말→자전거 순서로 우선순위를 정해놓고 있어서 자전거를 타고 왔을 경우 기다려야 할 때도 있다.

도착한 사람부터 일제히 세탁을 하거나 샤워를 한다.

또한 밤에는 통금시간이 있어서 밤 10시에서 10시 30분 무렵에는 문을 잠가둔다. 소등시간도 대체로 같은 시각. 부상을 당했거나 아플 경우를 제외하고 같은 알베르게에 2박 이상 묵는 것은 불가능하다. 또한 최근에는 수도 사정도 꽤 개선되었다는 것 같지만 산 정상에 있는 알베르게나 사람이 사는 마을로부터 떨어진 장소의 경우 찬물 샤워밖에 할 수 없는 곳도 가끔 있다. 작은 알베르게의 경우, 샤워실에서 너무 오랫동안 머무는 건 삼가하는 게 좋을 것이다. 공동 세탁장소는 깨끗하게 사용하자. 프런트에서 세제를 팔기도 한다.

침대에서 잘 때는 시트 위에 침낭을 펼치고 그 안에서 자는 게 관례다. 이는 호스피탈레로가 시트를 세탁하는 수고를 덜어주기 위한 배려이며 빈대나 모기로부터 몸을 보호하기 위한 방법이기도 하다. 스페인의 밤은 추우니 침낭은 가능하면 방한 기능을 갖춘 걸 가져가는 게 바람직하지만, 그래도 추울 땐 이불을 빌릴 수도 있다. 시설은 공동 화장실에 공동 샤워. 방은 간소한 2층 침대가 이어진 도미토리 스타일이 일반적이다. 간소하지만 생활하는 데 필요한 최소한의 것은 갖추고 있다. 부엌, 세탁장(동전 세탁기가 설치된 경우가 많다) 외 응접실이나 안뜰 등, 편히 쉴 수 있는 공용 공간이 마련되어 있는 경우가 많아 대부분의 순례자는 오후 여유 시간을 거기서 보낸다. 또한, 일부 알베르게에는 봉사 활동을 나온 의료 스태프가 주재하며 물집이 잡힌 곳이나 상처를 치료해주기도 한다. 사설 알베르게 중에는 드물게 더블/트리플 룸을 갖추고 있는 곳도 있다. 보통 프런트에서 거리의 지도나 명소 정보를 얻을 수 있다.

무엇보다도 알베르게는 보다 깊이 있는 교류가 이루어지는 '장소'로서 기능한다. 규모가 큰 알베르게가 좋은가, 아니면 외딴 곳에 지어진 작은 집 같은 알베르게가 좋은가. 각자 선호하는 바에 따라 비슷한 성격을 지닌 멤버가 모이게 된다.

그렇다면, 좋은 알베르게를 찾으려면 어떻게 해야 할까? 인터넷에서 유명한 곳을 찾거나, 가이드에게 정보를 얻을 수도 있겠지만 무엇보다 좋은 방법은 길을 걷는 순례자나 이전 마을의 알베르게 관리인에게 직접 물어보는 것이다. "그 알베르게는 며칠까지 쉰다" 등 현지에서만 알 수 있는 최신 정보를 얻을 수 있다. 전날 묵은 마을의 알베르게 프런트에서 다음 마을 알베르게의 전단지를 얻어 미리 골라두는 것도 좋다. 꼭 묵고 싶은 알베르게가 있다 해도 전날이나 당일에만 전화로 예약이 가능한 경우가 있기 때문이다.

순례자가 늘어나는 여름철이나 축제 시즌에는 인기 알베르게나 큰 거리의 알베르게는 바로 꽉 차버린다. 가능하면 빨리 도착해 침대를 확보하고 싶겠지만 그것 때문에 조급해할 필요는 없다. 좋은 곳에 묵을 수 있다면 행운이라는 정도의 기분으로 개성적인 알베르게와의 만남을 즐겨보자.

*

알베르게의 차선책, 호스텔과 펜션

하지만, 그래도 매일같이 좁은 도미토리 2층 침대에서 묵다보면 확실히 힘들어질 때가 있다. 고령자거나 둘이 같이 여행하며 사적인 공간을 갖고 싶다고 생각하는 사람은 호텔을 이용해도 좋을 것이다.

사실, 카미노는 스페인에서 가장 큰 관광산업. 순례길에는 호텔보다 규모가 작고 값이 저렴한, 개인이 경영하는 호스탈hostal이나 펜션pension이 많아 숙박 시설 때문에 곤란할 일은 없다. 방 하나에 20유로 정도부터 시작하는 적당한 가격이다. 더블 혹은 트윈 룸에 샤워나 화장실은 공용인 것이 보통. 식사가 포함되어 있기도 하다. 내 경우 평소에는 알베르게를 이용하고, 부르고스나 로그로뇨, 레온 등 알베르게가 바로 꽉 차버리는 커다란 마을에선 호스텔의 더블룸이나 트윈룸을 순례 동료와 같이 썼다. 민간 호스텔의 경우에는 전날이나 당일 전화해 예약할 수 있는 곳이 많다. 도착한 거리나 마을 관광 안내소에서 물어봐도 되고, 부킹닷컴이나 호스텔닷컴 등 호텔 예약 사이트에서 간단하게 예약할 수 있다. 알베르게보다는 좀 가격이 있지만 욕실이 딸린 사적인 공간은 걷느라 지친 몸에 충분한 휴식을 줄 것이다.

순례자들이 많이 모이는 커다란 마을에서는 숙소를 구할 수 없는 경우도 있다. 근처 번화가나 마을로 택시를 타고 갈 수도 있지만 내키지 않는다면 에어비앤비Airbnb를 이용해보자. 이 사이트는 개인이 호스트가 되어 집의 일부를 숙박 시설로서 빌려주는 시스템. 인터넷에 등록하면 빈방을 간단하게 검색할 수 있다. 외국어로 읽고 써야 하지만 호스트와 몇 번 이야기를 나누기만 하면 바로 묵을 수 있다. 나는 부르고스에서 이용했는데 보통의 호텔과 마찬가지로 쾌적하게 지낼 수 있었다. 호스텔, 펜션 이용의 최대 이점은 통금 시간이 없다는 점. 또한 체크아웃은 11시 무렵이 많다. 오늘은 큰 마을에 묵게 됐으니 오랜만에 술을 마시며 놀고 싶은 사람이나 너무 피곤해 다음 날은 늦게까지 푹 자고 싶은 사람에겐 기쁜 일이 아닐 수 없다.

*

고색창연한 역사의 정취, 파라도르에 묵기

알베르게 외의 숙소로, 특별한 숙박 시설은 '파라도르'다. 파라도르

파라도르

란 고성이나 궁전, 수도원 등의 역사적인 건축물을 국가가 사들여 일
반인이 숙박할 수 있도록 리모델링한 국영 호텔을 말한다. 1928년 베
가 잉클란 후작이 소유한 산장을 개축해 일반에 공개한 것이 시초였
다. 그 후 버려지고 쇠퇴한 문화재를 부활시키는 새로운 방법으로서
널리 퍼졌다. 역사적 정취가 묻어나는 귀한 건물에 숙박할 수 있어 국
내외 관광객에게 인기가 높다.

   순례길에도 파라도르가 있는 거리가 몇 군데 있다. 유명한 것은 파
라도르 데 레온Parador de León. 16세기의 산마르코스 수도원을 리모델링
한 커다란 파라도르다. 내부는 궁전처럼 호화로운 구조로 고가의 장식
품들로 꾸며져 있다. 견고한 돌벽으로 둘러싸인 살롱, 산뜻한 느낌을
주는 회랑, 광장에 접한 파사드(집 건축물의 정면)에는 아름다운 조각이

서서 방문하는 사람들을 매료시킨다. 관내에선 파라도르가 소장한 태 피스트리(여러 가지 색실로 그림을 짜 넣은 직물)나 회화, 오래된 가구 등의 미술품 컬렉션을 다양하게 즐길 수 있으며, 부속 교회에서 결혼식이 있을 땐 위층 발코니에서 그 모습을 지켜볼 수 있다.

또한 산티아고의 파라도르도 유명하다. 15세기에는 왕립 병원이었던 건물로 세계유산인 산티아고 구시가 중심부에 있으며 안뜰에는 네 개의 커다란 회랑이 있고 커다란 살롱도 갖추고 있다. 장미 꽃잎을 띄운 분수, 중세의 분위기를 그대로 살린 건축. 모두 탄성이 나올 정도로 호화찬란해 여기까지 걸어온 순례자들 중 마지막으로 이 파라도르에 묵겠다고 기대하는 사람이 적지 않다.

여기에서는 아침, 점심, 저녁마다 선착순 열 명 한정으로 순례자들을 위한 식사를 무료로 제공한다. 내 친구는 한 시간 가까이 기다려 들어갔다고 한다. 외관만 보고 호화로운 레스토랑을 기대했는데 생활하는 방 같은 곳으로 안내되었고, 식사는 빵 콘 토마테Pan con tomate (구운 빵에 생마늘과 토마토를 올리고 올리브와 소금을 뿌려 먹는 스페인 요리)와 사과 콤포트를 곁들인 빵, 치즈와 햄 등 소박한 것이었다고. 하지만 호화로운 파라도르의 내부를 볼 수 있고, 일반인은 못 들어가는 주방을 들여다볼 수 있는 즐거움만으로도 고생한 보람을 느낄 수 있었단다.

산토 도밍고 데 라 칼사다에는 파라도르가 두 개나 있다. 두 곳 모두 그다지 유명하지 않아 남모를 즐거움이 있다. 하나는 순례자의 구호원이던 건물을 12세기에 개축한 것으로 건축 당시의 장대한 고딕 아치가 그대로 남은 살롱이 있다. 또 하나는 성 프란시스코 수도원을 개축한 교회 부설의 조촐하고 아담한, 분위기 좋은 호텔이다.

파라도르는 고급 호텔 부류에 들어가지만 최근 몇 년, 다른 호텔들의 가격도 상승해 시설에 비하면 적당한 가격이라고 느낄 수 있다. 이상 소개한 파라도르 중 많은 곳은 병원이나 수도원 등 아직 순례가 시작되지 않았던 중세 시대에 기독교 교도들이 경건하게 유지해온 시설로, 순례길이 지닌 역사를 느끼기엔 최고의 장소다.

숙박은 파라도르 전문 사이트에서 예약할 수 있다. 또 전국의 파라도르에서 사용할 수 있는 '5 나이트 카드'라는 게 있어, 정규 요금에서 20%정도 할인된 가격으로 스페인 전 지역의 파라도르에서 5일간 숙박할 수 있다. 이 카드는 며칠간에 나눠 사용할 수도 있다. 예를 들어 레온의 파라도르에서 2박, 산티아고에서 2박, 마드리드에서 1박을 하는 식이다. 카드의 유효기간은 매년 1월 1일부터 12월 29일까지 1년간이다.(www.parador.com에서 구매할 수 있다.)

이처럼 순례 중의 숙소는 폭 넓은 선택지를 두고 있다. 어디에 묵을 것인가도 자유다. 한 가지 얘기하고 싶은 건, 숙박 장소 때문에 너무 걱정하지 말라는 점. 극성수기일 때에는 숙소가 만실이 되기 쉬워, 다음 목적지에 도착할 때까지 과연 묵을 곳이 있을까 걱정되는 게 당연하다. 숙소를 확보하려고 나도 모르게 급하게 발길을 옮기게 되기도 한다. 특히 순례자의 수가 한꺼번에 늘어나는 100km 전후부터는 경쟁하듯 먼저 도착하려고 서두르는 순례자들이 많아진다. 잠잘 장소는 막상 닥치면 정말 어떻게든 된다. 최악의 경우 바닥에서 자도 되고, 침낭만 있으면 노숙도 가능하다. 대부분의 알베르게는 사람이 넘쳤을 때를 대비해 매트리스를 준비해둔다(부탁하면 빌려줄 것이다). 어느 체코인 여성은 목적지의 숙소가 만실이라 다음 마을까지 택시를 타고 가서 거기서 1박을 하고, 다음 날 히치하이크로 원래 장소로 돌아와 다시 걷기 시작했다. "이렇게 하면 길을 전부 다 걸은 게 되잖아?"라며. 너무

예민하게 생각하지 말고, 사람과 풍경과의 다시없을 만남을 즐기자.

*
와이파이 완비, 통신이 의외로 편리하다

스페인 산속을 걷는다는 말을 듣고 전파가 닿지 않는 산속을 며칠
씩 계속 걸어야 하는 거 아닐까 생각하는 사람도 있을 것이다. 하지만
안심하길. 요즘은 일본에도 와이파이를 완비한 카페가 늘어나고 있는
데 카미노의 통신 환경은 그 백배 정도 좋은 편이다. 순례길에 있는 거
의 모든 카페, 그리고 알베르게 대부분에 무선 랜이 정비되어 있어 페
이스북에 순례길에서 만난 친구들을 등록하거나 SNS에 사진을 업로
드하느라 모두들 바쁘다.

카페나 숙소 입구에 'Wi-fi' 마크가 붙어 있다면 와이파이를 무료
로 제공하고 있다는 증거. "케 에스 코디고Qué es Código?"라고 물어보면
패스워드를 가르쳐준다.

하지만 노트북이나 아이패드를 들고 다니는 건 너무 무겁다. 스마
트폰 한 대만 있으면 정보를 수집하는 데 부족함이 없고, 사실 스마트
폰조차 필요하지 않다. 무엇보다 이 길에서 하는 일이란 노란색 화살
표를 따라가는 것뿐이니까. 물론 어쩔 수 없는 사정 때문에 손에서 놓
지 못하는 사람도 있겠지만, 기본적으로 알베르게에서 PC를 사용할
수 있고, 전화기도 쓸 수 있다. 주변 가득 스페인의 웅대한 자연이 펼
쳐지고 있는데, 무거운 디지털 제품에 매여 있는 것은 안타까운 일이
다. 내 나라에서 날 얽매고 있던 건 대담하게 떼어버리고 여행에 나서
보자.

*

순례길의 매너

아무리 즐겁고 자유로운 순례길이라 해도 많은 사람과 함께 지내는 장소이므로 최소한의 예의범절이 있다. 여기선 카미노를 원만하게 걷기 위해 최소한으로 기억해둬야 할 매너를 소개한다.

• '해주는 게 당연한 것'은 아니다

알베르게에서는 의료봉사를 하는 스태프에게 상처를 치료받을 때도 있다. 너무 지쳐서 움직이기 힘들 땐 숙박 스태프가 2층까지 무거운 배낭을 대신 짊어지고 올라가주는 경우도 있다. 힘들 때 받는 타인의 호의는 눈물 날 정도로 감사한 일이지만, 한편 그런 친절을 베푸는 게 당연하다는 듯 행동하는 순례자도 있어 보고 있자면 화가 날 때도 있다. 순례길에 지나는 각 지역은 기독교 교의에 따라 순례자를 도우며 보호하고 안전히 걸을 수 있도록 지켜주고 있다. 물론 순례자들이 찾아와주기 때문에 그 지역에 사는 사람들이 경제적인 특혜를 받는 것도 사실이지만 많은 부분이 봉사 정신으로 이루어지고 있다. 알베르게나 안내소, 교회에서의 구호 활동은 상업 활동이라기보다는 유지를 위한 정도로 순례자로부터의 모금, 조성금으로 운영되고 있다. 알베르게에 매우 저렴하게 숙박할 수 있는 건 그 덕분이다. 스태프 다수는 무상으로 일하고 있다. 숙박비를 지불했다고 해서 완벽한 서비스를 기대하는 건 잘못된 일이다. '해주는 게 당연'하다는 태도는 '누구든 서로 이해하고 나누는 길'에 어울리지 않는다.

마을 사람이나 알베르게 스태프, 교회 사람들에겐 항상 감사와 경의를 표하며, 또한 '내 일은 스스로 어떻게든 한다'는 정신을 잊지 말자.

• 내 몸 관리는 스스로. 나의 페이스를 지키자

5km 배낭을 짊어지고 오랜 시간 걷는 건 상상 이상으로 힘든 일이다. 건강관리는 기본적으로 스스로 하도록 하자. 피곤하면 쉬기. 상태가 나쁠 땐 무리하지 않기. 물을 꼼꼼하게 챙기기. 또한 첫날부터 너무 무리해 걸으면 발이 아파 힘든 경우가 많다. 처음에는 5~10km부터 시작해 점점 거리를 늘려가는 게 바람직하다. 특히 800km를 걷는 경우엔 첫날 피레네를 넘어야 하는 게 큰일. 체력적으로 어려울 땐 산속 마을에서 하루 묵도록 하자.

순례자들에게 자주 발생하는 일은 함께 걷는 사람들에게 맞추다 보니 원래의 자기 페이스를 넘어서서 빠른 속도로 걷거나 밤늦게까지 함께 술을 마시는 등 무리를 하게 되는 경우가 생기는 것. '힘들면 힘들수록 좋다'고 과도한 부담을 짊어지기 쉽지만 카미노의 정신은 'Take your time(당신의 속도로)'이라는 사실을 기억하자.

급한 산길을 걸을 때와 같이 어려운 상황이 아무래도 불안하다면 가이드를 부탁하자. 도움의 손길을 활용하는 것도 쾌적한 여행을 위해 필요하다.

파트너와 함께하는 둘만의 여행, 그 장단점

28세 남성, K 씨

순례를 떠나야겠다고 결심한 건 이 길을 이미 다녀온 지인이 주변에 몇 명이나 있어 언젠가 걸어보고 싶다고 줄곧 생각했었기 때문이다. 내팽개쳐두고 있던 스페인어 공부에도 도움이 될 것 같았다. 회사를 그만두고 프리랜서가 된 걸 계기로 여자 친구와 함께 900km 여행길에 올랐다. 출발 전에 짐을 짊어지고 집 주변을 매일 밤 10km 정도 걸으며 트레이닝을 했다. 가끔 20km 가까이 걸을 수 있는 날도 있어 '이걸로 괜찮겠지' 하고 자신감에 차 카미노로 출발.

아침부터 밤까지 40일 가까이 둘이 찰싹 붙어 생활하다보니 자연스럽게 서로를 더 알아가는 여행이 되었다. 아침 준비가 늦다든지, 자주 길을 헤맨다든지, 자신과 다른 상대의 행동패턴이나 성격을 자주 접할 수 있었다. 때론 큰 소리를 지르며 싸우기도 했지만 서로를 격려하며 일단 계속 걸었다. 스페인 요리에 질리면 여자 친구가 알베르게 부엌에서 일본 요리를 만들어줬다. 파트너가 있다는 고마움을 절실히 느낄 수 있는 순간이었다. 둘이서 먹을 걸 잘못 먹고 체해 고생하거나 길을 잃기도 했지만 그것을 극복했기에 귀국한 뒤에도 줄곧 내 여자 친구와 함께할 수 있겠다는 자신감을 얻었다.

반면 둘이서 여행을 하고 있으면 아무래도 다른 순례자들과의 교류에 한계가 오게 된다. 그래도 마지막에 이르러선 친구가 많이 생겼다. 체코에서부터 3,000km가 넘는 길을 걸어왔다는 신혼 부부는 매우 상냥한 성격에 맑은 눈을 가진 멋진 한 쌍이었고, 친해진 프랑스인 여성의 "헤어진 남편과 결혼하기 전에 왔으면 좋았을걸"이라는 말에는 쓴웃음을 지으며 깊이 공감했다.

다음에 다시 걸을 기회가 있다면 이번엔 두 사람이 가족이 된 뒤에 아이가 어릴 때, 혹은 사춘기로 고민하고 있을 때 마음먹고 시간을 내 또 이 길을 찾고 싶다. 순례길에서 세 살짜리 아이를 자전거 뒤에 태우고 여행하는 아빠나 수학여행으로 100km를 걷는 스페인 초등학생, 한국에서 온 '1년간 여행하는 학교'의 학생이라 밝힌 10대 학생과도 만난 적이 있어 분명 아이를 데려오는 것도 가능할 거라 생각한다.

론세스바예스의 다 같이 식사하는 스타일의 레스토랑은 비싼 데다 그다지 맛있지도 않다. 바에서 타파스를 먹는 편이 오히려 풍부한 메뉴를 즐길 수 있다. 11월에 갈리시아 지방에 들어선 뒤부턴 상당히 추워져 향토 요리인 '칼도 가예고' 스프로 매일 속을 따뜻하게 했다. 잊을 수 없는 맛이었다.

출발 전에 최소한으로 해두면 좋은 건, 스페인어를 아주 조금이라도 알아두는 것. 몇 가지 단어를 말할 수 있는 것만으로도 현지 사람들의 반응이 달라진다. 현지의 말을 아는 건 분명 순례 경험을 더 풍부하게 만들어줄 것이다.

3

순례 비용과 준비물

보통의 유럽 여행보다 훨씬 비용이 저렴한 순례길. 그러면 실제로 어느 정도 비용이 드는 걸까. 고행하듯 무거운 짐을 짊어지고 밤에는 노숙을 하는 사람도 있는가 하면, 최신 장비를 구비하고 밤에는 호화로운 호텔에 묵으며 지칠 땐 택시를 타는 사람도 있다. 다음은 나의 체험을 통해 산출해본 가장 저렴한 비용과 가장 높은 비용의 예시다.

*
Simple is best, 간소한 여행! 천국 같은 여행은 준비하기 나름

숙소 ─ 공영 혹은 기부제(도나티보) 알베르게 5유로 전후.

식사 ─ 슈퍼마켓에서 식재료를 구입해 직접 요리.
　　　점심 식사는 손수 만든 샌드위치 5유로 전후.

그 외 ─ 물이나 간식거리 등 5유로 전후.

합계 15유로/1일

이건 내가 학생 시절 처음으로 카미노에 갔던 때의 하루 평균 예산이다. 대체로 길거리나 마을엔 공영 알베르게가 있으며 비용이 매우 싸다. 그중 기부제로 운영되는 곳은 자유롭게 숙박비를 정할 수 있다. 공짜로 묵어도 상관없지만 보통 호스피탈레로에게 받은 호의나 대접, 숙소의 시설에 맞춰 지불할 수 있는 범위 내에서 숙박비를 낸다.

알베르게에는 대부분 부엌이 딸려 있어, 스스로 음식을 해 먹으려는 사람들로 북적거린다. 슈퍼마켓이나 식료품점에서 재료를 사 와 간단한 식사를 만들어 먹는다. 간단하게 시작하지만 서로 협력하면 금세

호화로운 다국적 디너가 만들어진다. 이곳에서는 신선한 치즈나 살라미, 햄, 소시지, 싱싱한 야채를 깜짝 놀랄 정도로 저렴한 가격에 살 수 있다. 직접 만들어 먹으면서도 잘만 하면 스페인의 풍부한 식문화를 체험할 수 있는 것이다.

어디까지나 내가 학생일 때(1유로=140엔=약 1,400원)의 금액이므로 최근에는 가격이 올랐을지도 모르겠다. 하지만 하루 단 15유로로도 충분히 즐거운 여행을 할 수 있다는 사실만큼은 변함없다.

*

호스텔&레스토랑을 이용한 쾌적한 여행

숙소 — 호스텔 혹은 펜션 개인실 20유로.

식사 — 25유로.

그 외 — 5유로.

짐 운반 서비스 — 5유로.

합계 55유로/1일

매일 호스텔에 묵으며 레스토랑에서 세끼 식사를 하고, 짐 운반 서비스를 통해 배낭을 맡겨놓고 걷는 쾌적한 카미노의 예. 그래도 보통 수준으로 유럽 여행을 하는 것보다는 훨씬 싸다. 고령자나 체력을 소진하지 않고 효율적으로 걷고 싶은 사람에게 추천한다.

최근 몇 년 사이 카미노 데 산티아고가 관광화되면서 알베르게에 묵지 않고 호텔에만 묵으며 가방을 짊어지지 않고 걷는 '유랑 관광객' 같은 순례자들도 늘어나, 순례자들 사이에서 찬반양론이 일고 있다.

알베르게 부엌에는 조리 도구가 모두 갖춰져 있다. 꽤 청결한 편.

확실히 생활에 최소한으로 필요한 것들만 챙겨 밤에는 소박한 도미토리에서 자는 궁극적으로 심플한 생활(바꿔 말하자면 궁극의 비일상이라고도 할 수 있겠다)을 사랑하는 사람 입장에서 보자면 그런 사람들의 모습은 별로 좋아 보이지 않을 수도 있을 것이다. 하지만 사람에 따라 사정은 천차만별. 그런 스타일의 사람들도 한 명의 순례자로서 평등하게 대해주는 것이 카미노의 여행이다. 어떻게 하면 내게 가장 즐거운 여행이 될까? 하는 점을 가장 소중히 여기며 여행 스타일을 결정하기 바란다.

＊

안전에는 주의!

순례길은 기본적으로 안전하다. 대도시인 마드리드나 바르셀로나와 달리 방문하게 되는 곳이라곤 화창한 시골 마을이나 길거리. 여성 혼자 오는 여행객도 많고 걷다가 갑자기 강도에게 습격을 당하진 않을까 초조해할 일도 없다. 하지만 그렇다고 해서 전혀 주의하지 않아도 된다는 건 아니다. 밤에 여자 혼자 걷는 건 위험하고, 숙소에서도 드물게 도난 사건이 발생하기도 하니 말이다.

귀중품은 반드시 보관함에 넣어 문을 잠가두거나 잘 때도 몸 가까운 곳에 두도록 하자. 밤길을 걸을 땐 반드시 다른 순례자들과 행동을 함께하거나 노란 화살표가 있는 순례지 이외의 한적한 장소엔 가지 않을 것, 의심스러운 가게에는 들어가지 않을 것 등 기본적인 룰을 지키면 괜찮다. 또한 아무리 그 고장 사람이 친근하게 대해준다고 해도 아무 의심 없이 따라가는 것 역시 금물. 스페인 사람뿐 아니라 순례길 엔 세계에서 제일 빨리 여성을 유혹한다고 알려진 이탈리아인이나 연

짐 운반 서비스를 이용하면 이렇게 가뿐!

애 대국 프랑스에서 온 순례자들도 있다. 오해하게 해서 뭔가 일이 생긴 뒤에는 이미 늦다. 로마에 가면 로마법을 따르라. 싫을 땐 확실하게 NO!라고 말하자.

그럼, 상대 남성이 너무도 매력적이라 숙소의 통금 시간을 깨고서라도 따라가고 싶을 땐……?

거기서부턴 어른의 세계. 부디 자유롭게 즐기시길.

*
짐은 체중의 10분의 1이 적당하다

뭘 가지고 갈까? 그런 생각을 하기 시작했다면 이미 카미노 여행이 시작된 것이다. 기본적으로 배낭의 내용물은 체중의 10분의 1 이하로 하는 것이 카미노의 철칙. 그걸 넘어서면 걷기 시작하자마자 금세 눈물을 흘리게 될 것이다. 미지의 세계에 가는 만큼 무심코 이것도 저것도 챙겨가고 싶어지지만 그 마음은 꾹 눌러두고 엄선한 물건들만 가져가자. 우비가 있으면 우산은 필요 없다. 무거운 손전등은 내려놓고 소형 파워 라이트나 휴대전화 화면으로 해결하자(이렇게 말하는 나 역시도, 노트북을 가져가 어깨를 타고 전해지는 그 무게에 죽고 싶을 만큼 후회한 적이 있다).

첫 번째로 옷. 다음으로 화장품이나 세면도구, 선크림, 타월, 칫솔, 샴푸나 린스(알베르게에는 기본 물품들이 없다). 상처가 나거나 아플 때를 위한 간단한 의료용품(반창고, 약 등). 단, 의료 용품은 마을이나 길거리에서도 구입할 수 있으므로 가져가는 것은 응급처치에 필요한 최소한의 것들로 충분하다. 물집이 생겼을 때를 대비한 치료 키트나 테이핑용 밴드 등은 그곳 약국에서 구입하자. 또한 옷을 매일 세탁하게 되므로 빨랫비누나 액체세제를 작은 용기에 담아 가져가면 편리하다.

　돈은 해외에서 쓸 수 있는 은행 체크카드나 신용카드만 가지고 있으면 대체로 길거리나 마을에 있는 ATM에서 인출할 수 있다. 도난 방지를 위해서도 현금은 너무 많이 가지고 다니지 않도록 하자.

*

옷은 최소한으로, 살 수 있는 물건은 길에서 찾자

　스페인 북부는 일교차가 심해 방한구가 필수. 특히 비수기인 겨울에는 목숨과도 밀접히 관계되니 확실히 준비할 필요가 있다. 하지만 미리 걱정하면서 너무 많이 챙겨 넣는 것도 문제. 기본적으로 두툼한 겉옷 한 장, 산악용 파카(가능하면 방수가 되는 기능성이 바람직하다) 한 장, 티셔츠 두세 장 정도면 충분하다. 햇볕에 타는 것을 방지하기 위한 긴팔 셔츠도 있으면 편리. 세탁을 매일 한다면 속옷도 2~3일분이면 충분하다. 양말은 두꺼운 등산용으로 고르자. 순례길에서는 등산용이나 워킹용 타이즈를 신고 있는 사람을 심심찮게 볼 수 있다. 가는 도중에는 기본적으로 등산 용품 가게가 충분히 있다. 필요한 게 생기면 그때그때 사서 보충하면 된다.

　또한, 스페인 북서부엔 비가 많이 오므로 우비는 필수. 확실히 방수가 되는 것을 고르자. 배낭의 방수커버도 있으면 좋다.

*

신발을 잘못 선택하면 그야말로 낭패

　사실 챙겨야 할 물건 때문에 너무 걱정할 필요는 없다. 굳이 조언을 하자면 신발만은 내게 꼭 맞는 것으로 선택하라고 하고 싶다. 물집 때

노트북이나 세탁 주머니 같은 걸 눈물을 머금고 포기하면 짐을 최소한으로 줄일 수 있다.

문에 눈물짓는 순례자를 많이 봤고, 신발이 좋은지 나쁜지에 따라 걸을 수 있는 거리가 꽤 차이가 난다. 처음부터 마지막까지 함께할 아이템이니 가능하면 자기 발에 딱 맞는 신발을 신고 가자. 스니커로 걷는 순례자도 있지만 산길 코스를 통과한다면 트래킹 신발이나 하이킹 신발을 고르자. 내리막 산길에서도 발목을 지켜주는 기능이 있는 것을 추천한다. 신발 역시 방수가 되는 것이 최고. 오래 신어 익숙한 게 제일 좋지만 조깅화나 스니커와 같은 신발은 비가 오면 발이 흠뻑 젖을 위험이 있다. 또 너무 푹신한 신발은 오히려 발을 지치게 한다.

새 신발을 신을 땐 가능하면 출발 2~3주 전에 신어 발에 익숙하도록 길들여두자. 딱딱한 새 신발로 피레네를 넘는 건 지옥이다. 특히 평소 등산을 하지 않는 사람, 별로 장거리를 걸어본 경험이 없는 사람은 신발을 충분히 길들인 뒤에 출발해야 한다.

자신의 발에 딱 맞는 깔창을 사는 것도 추천한다. 몇 만 원이면 살 수 있는데 이걸 신발에 넣어둔 덕분인지 나는 걷는 도중 한 번도 물집이 생기지 않았다. 만약 물집이 생겼다면 소독액으로 적신 실을 끼운 바늘로 물집에 구멍을 뚫어 물을 빼내자. 그것만으로도 훨씬 빨리 나을 수 있다.

*

낯가림 심한 나를 구해주는 커뮤니케이션 소도구

순례길에는 악기를 짊어지고 걷는 사람이 많다. 왜일까? 답은 간단하다. 음악은 국경과 언어의 벽을 넘어서기 때문이다.

소지품은 가능한 줄이는 게 좋다고 썼지만, 외국어를 그리 잘하지 못하고 부끄러움을 타는 성격인데도 다른 순례자들과 이야기를 나누고 싶다면 이야기의 계기를 마련해줄 물건을 가지고 가는 게 큰 도움이 된다.

참고로 내가 가지고 있던 건 게타(일본의 나막신)! 히다다카야마의 구죠오도리(일본 3대 본 오도리로 꼽히는 기후 지방의 춤)를 출 때 신는 굽 높은 게타를 샌들 대신 신고 다녔다. 결과적으로 대성공. 숙소에 도착해 게타를 신고 돌아다니면 다른 사람들이 말을 걸어온다! 귀엽다든가 멋지다는 등 굉장한 호평을 받으며 그걸 계기로 이야기가 이어진다. 이때만큼 일본인

외국인에게 큰 호응을 얻은 게타

이라 기쁘단 생각을 한 적이 없다.

하루는 게타로 산길을 걷다가 지옥을 체험했지만 쉬고 있을 때 신으니 나무로 된 소재에 닿는 맨발의 감각이 기분을 한층 좋게 해줬다.

만약 다음에 갈 일이 있다면 붓펜과 화선지를 준비해가고 싶다. 내가 일본인이란 걸 알고는 "내 이름을 한자로 써줄래?" 하고 말하는 사람들이 많았기 때문이다. 일부러 어필할 필요는 없지만 모처럼 내 나라에 흥미를 가져주는 일이니 이 정도는 해도 괜찮단 생각이 든다.

악기를 연주하든, 전통의 식재료로 요리 솜씨를 뽐내든 뭐든 상관없다. 커뮤니케이션 도구가 하나 있으면 더욱 충실한 여행이 된다. 그 외 유용한 물건이 있다면 다음과 같은 것들이다.

• 손으로 짚어 대화할 수 있는 회화 수첩

순례길은 세계 곳곳에서 온 사람들이 모이는 국제적인 곳이지만 현지 사람들이 모두 영어를 할 수 있는 건 아니다. 작은 거리나 마을에서는 스페인어밖에 통하지 않을 때도 간혹 있다. 그런 때 스페인어 회화 수첩이 있으면 편리하다. 레스토랑이나 바에서 주문을 할 때도 도움이 되고, 대화로도 이어질 수 있다.

• 작은 서바이벌 나이프와 와인 따개

자취파인 사람이 가지고 있으면 편리. 알베르게의 부엌에도 조리 도구는 갖춰져 있지만 저녁 식사 때는 복잡해지기 마련이라 항상 칼을 쓰긴 어렵다. 살라미와 치즈와 빵을 사기만 하면 길에서도 보카디요를 만들 수 있다. 또한, 와인을 마실 기회가 많으니 와인 따개를 가지고 있으면 상당히 편리하다.

- **대량의 휴대용 티슈**

대자연 속에 공중 화장실은 없다. 당연히 그 주변 풀숲에서 해결하게 된다. 휴대용 티슈는 항상 챙겨두자. 마침 길의 사각지대에 있는 적당한 풀숲에는 발밑에 휴대용 티슈 꽃밭이 펼쳐져 있을 가능성이 크다. 가능한 아래는 보지 말고 용무를 끝내자.

화장실 외에도 먹을 것을 싸거나 손을 닦는 등 쓰임새가 많고 아주 귀중한 티슈. 대자연 속의 카미노는 결코 아주 위생적이라고 할 수 없으므로 되도록 티슈를 많이 가져가는 게 좋다. 화장실 휴지 심을 빼 납작하게 만들면 부피를 줄여 휴대하기 쉽다.

- **빨래집게, 빨랫줄**

대부분의 알베르게에는 세탁장과 공동 건조장이 있다. 스페인은 오후 햇볕이 강렬하므로 도착하자마자 세탁해서 건조해두면 밤까지는 대체로 마르지만(밤이슬이 내리므로 자기 전에 세탁물 걷는 것을 잊지 말도록) 날씨가 나쁘거나 알베르게에 건조장이 없는 경우에는 실내에서 말리게 된다. 그때 편리한 것이 빨랫줄과 빨래집게. 마르지 않은 양말 등을 하루 종일 배낭에 걸어두고 걷는 사람도 자주 찾아볼 수 있다. 빨랫줄은 비닐 끈으로도 충분하다.

- **미니 헤드랜턴**

아침 일찍 출발하는 경우엔 어두컴컴한 도미토리 안에서 손으로 더듬으며 준비를 해야 할 때도 있다. 또 해가 뜨지 않아 별빛뿐인 어둠에 걸음을 떼기도 쉽지 않다. 스마트폰 라이트나 손전등도 좋지만 머리에 밴드로 묶을 수 있는 미니랜턴이 있으면 손이 자유로워 편리하다.

악기를 연주하는 사람이 정말로 많다.

*
과도한 정보 수집은 하지 않기

지금까지 쾌적한 여행을 위한 여러 가지 정보를 이야기했지만 마지막으로 하나만 더 덧붙이자면, 가능하면 정보 수집을 너무 많이 하지 말기를 추천한다. 스페인 시골의 대자연 속으로 뛰어드는 건 확실히 불안을 동반하는 일. 최소의 정보나 출발지까지 가는 길에 관해선 사전에 알아두는 게 좋지만 이 여행의 묘미는 자아가 벗겨져 나가는 감각, 육체 하나만 가지고 미지의 세계로 나아가는 감각에 몰두하는 데 있다. 먼저 얻은 정보와의 '정답 맞추기'가 된다면 그 감각도 어느새 바래버리게 된다. 풍부한 지식으로 무장하려 하지 말고 어린 시절로 되돌아간 기분으로 새로운 세계를 체험해보길 바란다.

순례에 나서기 전에 먼저 순례길의 모습을 살펴보고 싶어질지 모른다. 그럴 때를 대비해 추천할 만한 작품들을 모았다. 카미노의 가기 전 예행연습으로 꼭 봐두길.

- 〈산티아고…… 우리들의 메카로 가는 길〉(2005년)
    따로따로 살고 있던 사이가 나쁜 프랑스인 중년 삼남매가 '셋이서 르 퓌에서 생장까지 걸으면 재산을 상속해 주겠다'는 돌아가신 부모님의 유언에 따라 내키지 않는 걸음으로 가이드와 함께 르 퓌에서 출발한다. 길을 걷는 동안 싸움만 하던 세 사람이지만 산티아고를 메카로 착각한 이슬람교도 형제나 병으로 머리카락을 잃은 여성 등과 만나는 사이 순례길을 걷는 즐거움을 알게 된다. 유언에는 생장까지 걸으면 된다고 되어 있지만 셋은 산티아고까지 걷기로 결심한다. 어느샌가 커다란 그룹을 이루어 서로를 돕는 사이 삼남매는 점차 살아가는 기쁨과 형제간의 유대감을 찾아가게 된다. 프랑스 영화답게 독설이 실린 조크와 등장인물들 사이에서 위트 있는 대화가 오고가는 재미있는 코미디.

- 〈더 웨이The way〉(2010년)
    개봉하자마자 큰 히트를 치며 미국인들 사이에서 순례 붐을 일으킨 작품. 안과 의사인 토마스는 부인과 아들과도 소원해지며 고독하게 살고 있었다. 어느 날 그런 그에게 아들 다니엘이 피레네 산맥 벼랑에서 떨어져 사망했다는 전보가 날아왔다. 카미노 여행 첫날 목숨을 잃은 아들의 시신을 수습하기 위해 생장으로 여행을 떠난 그는 아들을 대신해 카미노 길을 완주하기로 결심한다.

유해를 뿌리며 여행하는 토마스는 순례길을 걷는 도중 너무 살이 쪄 다이어트를 위해 걷고 있는 네덜란드인 요스토, 금연을 결심하며 걷는 캐나다인 이혼녀 사라, 슬럼프 극복을 목표로 한 인기 없는 아일랜드인 작가 잭과 만난다. 각자 상실과 좌절의 과거를 안고 있는 멤버들. 토마스는 길을 걸으면서 마음이 틀어진 채 사별하게 된 아들의 삶을 조금씩 이해하며 슬픔을 위로해간다.

라스트 신은, 무시아의 바다를 향해 유해를 뿌리는 토마스. 절벽에 부딪혀 사라지는 코발트 블루 빛 커다란 파도의 아름다움이 마음을 울린다. 코미디인 〈산티아고…… 우리들의 메카로 가는 길〉과 달리 절제 있는 연출로 순례길의 고요하고도 평화로운 아름다움이 시선을 끈다.

어른을 위한 쓸쓸한 이야기지만 치유와 영혼의 구원이라는 순례길이 갖는 본래의 역할을 그야말로 자신이 체험하고 있는 듯 이해할 수 있을 것이다.

회사까지 쉬어가며 100km 답파!
갈리시아를 만끽한 여행

32세 여성, M 씨

회사에 다니는 난 휴가를 길게 쓸 수 없어서 필연적으로 아슬아슬하게 순례 증명서를 받을 수 있는 100km 코스를 선택하게 됐다. 5일간의 여름휴가에 3일 연휴와 주말을 끼워 도합 10일을 확보했다. 전체 여정은 이런 식으로 잡았다.

1일째 / 일본~마드리드, 2일째/ 마드리드 관광 후 야간열차로 다음 날 아침 사리아 도착, 3~7일째 : 그저 걷기, 8일째 / 산티아고에서 1박을 한 뒤 열차 타고 마드리드로, 9일째 / 다시 마드리드 산책, 다음 날 귀국. 마드리드에서 여유 있게 머물 수 있는 시간을 넣는다면 하루 더 줄일 수 있다.

출발 바로 전날까지 거의 준비를 할 수 없었다. 떠나기 전 새로 산 물건은 침낭 정도로 그 외엔 가지고 있던 아웃도어 용품을 활용했다. 현지에서도 인터넷을 어느 정도 쓸 수 있다는 사실만으로도 묘하게 안심이 되어 정보 수집도 거의 하지 않았다.

확실히 말할 수 있는 건 '가보면 알게 된다'는 사실. 일단 출발 지점에 서면 그다음은 순례자들의 파도를 타고 흘러가는 것만으로 어떻게든 자동으로 순례를 할 수 있게 된다. 모두가 머무는 마을에 나도 묵는다. 카미노의 간판이 걸려 있는 커다란 알베르게는 10유로로 묵을 수 있는 공영 숙소고, 작은 알베르게는 서비스는 좋지만 숙박료가 비싼 사설 알베르게다. 중간중간에 카페나 상점이 있어 수분을 보충하는 것도 화장실을 사용하는 것도 크게 걱정할 필요가 없다. 아침엔 알람 같은 걸 맞춰두지 않아도 7시가 되면 모두 일제히 채비를 시작하기 때문에 자연히 눈을 뜨게 된다. 모두 현지에 가면 하루 만에 알 수 있는 것들이다. 부족한 건 마을이나 길거리에서 무엇이든 손에 넣을 수 있으니 짐을 최소한으로 줄이는 데 신경을 쏟는 편이 낫다.

그렇다곤 해도 잘못 선택한 게 두 가지 있다. 하나는 신발. 마지막 100km는 걷기 쉬운 평지라 가능한 발에 익은 신발을 신고 가자는 생각에 등산화가 아닌 조깅화를 골랐다. 발은 가볍지만 순례길 후반에 접어들기 시작하면서 신발이 너무 부드러워 발바닥이 아팠다.

또 하나는 방수 도구. 혹시 비가 내렸을 때를 대비해 등산용 방수복과 바지를 '일단' 가져가봤는데 '혹시나' 하며 방심할 게 아니었다. 남은 100km 중 일부인 갈리시아 지방에서는 정말 매일같이 비가 왔다. 배낭용 방수 커버가 없어 심한 날엔 배낭이 흠뻑 젖기도 했다. 3일째엔 급기야 스포츠 용품점에서 20유로 정도의 판초를 구입했다.

혼자 가는 데다 영어도 모르고 낯을 가리는 성격이라 불안함이 컸지만 모두들 마이 페이스로 걷고 있어 아무도 내게 신경 쓰지 않았다. 그게 굉장히 마음이 편했다. 함께 술을 마실 정도로 친한 친구가 아니라도 길에서 자주 얼굴을 마주하거나 매일 밤 같은 알베르게에 묵는 사람이 생기는 것만으로 충분히 동료 의식을 가질 수 있다.

5일간 100km를 걸은 전체 10일간의 여행. 회사원이라도 요령 있게 휴가를 얻으면 몇 년에 걸쳐 800km를 모두 걷는 게 가능할 것이다. 일정을 잘 짠다면 언제라도 갈 수 있는 새로운 스타일의 여행이란 생각을 했다.

4

나에게 꼭 맞는 길 찾기

*

짧으면 짧은 대로 길면 더욱 여유롭게 즐길 수 있는 추천 코스

- **시간이 없는 직장인이라도 떠날 수 있는 100km, 7박 8일 코스**

유급휴가나 여름휴가를 이용해 8일간 쉴 수 있다고 해보자. 그럴
땐 망설이지 말고 카미노로 GO! 최단 기간으로 순례를 만끽할 수 있
는 코스가 바로 이것이다.

마드리드까지 비행기를 타고 도착한 뒤 버스나 열차로 약 100km
앞 마을, 사리아에 간다. 하루 20~25km씩 걸으며 5일 동안 여유 있게
성지인 산티아고에 도착. 산티아고에서 축배를 들고 야간 버스나 열
차, 또는 저가항공으로 마드리드에 돌아가 집으로 향한다. 이 코스라
면 최단 7박 8일로 카미노를 완주할 수 있다. 갈리시아 지방의 먹거리
도 충분히 즐길 수 있고 순례 증명서도 받을 수 있다. 순례의 매력을
응축한 최단 코스다.

- **일단 여기부터! 세계유산과 자연을 만끽하는 300km, 13박 14일 코스**

약간 시간의 여유가 있다면 이 코스를 추천한다. 마드리드에서 버
스로 출발해 세계유산의 마을인 레온까지 간 뒤 하루 25~30km를 걷
는다. 도중 세브레이로에서 아름다운 자연의 경치에 마음을 달래고 가
우디가 설계한 교회가 있는 아스토르가, 중세 템플기사단의 주요 묘적
이 있는 폰페라다 등을 통과해 역사의 향기에 빠져들며 레온 주와 갈

리시아 주의 자연과 먹거리를 만끽. 산티아고에서 1박을 한 뒤 도착해 축배를 들자.

학생 시절 이 코스를 10일 동안 걸었는데 상당히 힘이 들었던 터라 여유 있게 걷고 싶은 사람에겐 이틀을 더하라고 권한다. 레온에서부터 그 앞으로 펼쳐지는 길은 경치가 좋고 먹거리도, 세계유산도 있어 순례길의 볼거리와 즐길거리가 넘쳐나는 커다란 엔터테인먼트의 장. 해이해지기 쉬운 부르고스~레온 사이를 고려하면 여기부터 시작하는 게 제일 좋지 않을까 멋대로 생각해본다.

- ## 33일간 여유 있게, 800km 완주 코스

만약 당신이 '인생의 휴가'로 이 길을 선택해 순례의 매력을 남김없이 느끼고 싶어 하는 사람이라면? 혹은 장대한 '시간 때우기'를 계획하고 있다면? 마음먹고 33일간 '프랑스인의 길'을 답파하는 코스에 도전해보길 바란다. 프랑스의 국경, 피레네 산맥 기슭에 있는 마을 생장에서 시작해 하루 20~30km 정도씩 걸으며 스페인 북부를 횡단해가는 루트다.

생장으로는 프랑스 쪽과 스페인 쪽에서부터 각각 갈 수 있는 방법이 있다. 프랑스에서 가는 경우에는 파리에서 야간버스를 타고 바욘으로 가 바욘에서 지역 노선으로 갈아타는 방법이 있다. 스페인에서 가는 경우엔 마드리드나 바르셀로나에서 장거리 버스로 산세바스티안이나 빌바오까지 가서 거기에서 1박을 하고 버스로 바욘까지 가면 된다. 양쪽 모두 소요 시간은 거의 비슷하다. 열차 티켓은 '렌페' 사이트 (http://www.renfe.com/EN/viajeros), 야간버스는 '알사' 사이트(https://www.alsa.es/en)에서 예약할 수 있다(성수기에는 사전 예약을 추천한다). 영어로도 이용할 수 있다.

도착한 뒤에는 생장에서 하루를 묵고 다음 날부터 걷기 시작하는 사람이 많다. 또한 산티아고에서 관광을 하거나 더 서쪽으로 이동해 피스테라Fisterra나 무시아Muxia에 가는 것도 추천한다. 피로나 상처 등의 문제를 고려해 2~3일의 완충 기간을 갖는 편이 바람직하다. 체력과 기력이 모두 필요하므로 무리하지 않는 계획을 짜기를. 산속, 평야, 숲 등 여러 지형을 체험하게 되므로 온도 조절이 가능한 의류를 갖춰두자.

*

길은 하나가 아니다

지금까지는 제일 정통적이며 인기 있는 '프랑스인의 길'에 대해 소개했는데, 순례길은 실은 하나가 아니다. 성지에 이르는 루트는 몇 개나 있다.

'프랑스인의 길' 이외에도 북부의 해안선을 쭉 따라가는 '북쪽 길', 스페인 남부의 세비야부터 북쪽으로 수직으로 뻗은 '은의 길', 포르투갈에서 시작하는 '포르투갈인의 길' 등 다양한 지역과 문화권을 넘어갈 수 있는 길이 몇 가지 있다. 더욱이 스페인 국내의 출발 지점은 다 소개할 수 없을 정도로 여러 갈래로 이어져 있고, 프랑스 국내에서 길의 시작이라고 불리는 장소도 네 개나 있다.

카미노 길을 다 걸은 뒤 포르투갈의 리스본을 방문했을 때 지나친 작은 교회 벽에서 문득 노란 화살표를 발견했다. 포르투갈인의 길은 산티아고에서 훨씬 남하해 리스본까지 이어져 있었다. 이 별것 아닌 듯 보이는 길이 저 먼 산티아고까지 닿는다고 생각하니 참으로 감개

무량하게 느껴졌다.

그 외에도 벨기에의 수도인 브뤼셀에서 산티아고까지 매년 걷는다는 강자와 만난 적이 있고, 베를린까지의 길을 왕복했다는 달인도 있었다. 참고로 2012년 순례 증명서의 총 발행 건수는 19.2만 명이지만 그중 '프랑스인의 길'을 걸은 사람이 13.2만 명. '북쪽 길'은 1.3만 명. '포르투갈인의 길'은 2.6만 명으로 다른 루트로 걸은 사람들도 많았다는 사실을 알 수 있다.

• 북쪽 길

스페인 북부의 해안을 따라 걷는 길. 프랑스인의 길과 비슷할 정도로 역사가 오래됐다. 이슬람이 부흥했던 시대엔 이슬람의 영향이 적어 비교적 안전한 루트였기에 프랑스 북부에서 찾아오는 순례자들에겐 친근한 길이었다. 프랑스와의 국경에 있는 마을, 이룬에서 시작해 산탄데르, 오비에도 등 경치가 아주 좋은 구간을 지나 아르주아에서 프랑스인의 길에 합류한다. 낭떠러지 절벽 옆 모래사장을 바라보며 중세의 면모를 간직한 어촌 마을, 아름다운 해변 관광지를 넘어간다. 미식의 마을 산세바스티안, 구겐하임 미술관으로 유명한 빌바오 등 바스크 지방도 지난다.

전부 814.7km, 도보로 33일 정도. 프랑스인의 길이 급부상하며 인기가 다소 식었지만 세계유산이나 경치가 아름다워 최근 다시 그 인기가 부활하는 중. 두 번째, 세 번째로 체험하는 순례자들에게 특히 인기가 높다. 단, 프랑스인의 길에 비해 숙박시설이 적으며 오르막과 내리막의 경사가 급하다.

• 포르투갈인의 길

리스본에서 산티아고까지 이어지는 약 606km의 길. 순례자의 수
가 적은 데다 알베르게가 후반부에 몰려 있어 만남의 기회는 앞의 두
길에 비해 적다. 순례길의 약 80%가 포르투갈 지역이므로 걷는 사람
도 거의 포르투갈인. 로마 시대에 만든 돌바닥이나 돌담이 그대로 남
아 있는 곳도 많다. 바다가 가까워 해안이나 커다란 강을 바라보며 걸
을 수 있다. 아름다운 바다와 푸른 강, 풍부한 바다의 행복을 즐기며
정적에 싸인 채 걷는다.

1,500m 가까이 되는 고개를 세 번이나 넘는 프랑스인의 길에 비해
포르투갈인의 길은 비교적 완만한 산과 숲을 지나기 때문에 걷기 쉽
다. 알베르게나 펜션 외에 무료로 묵을 수 있는 소방서 등의 숙소가 있
다. 하지만 숙소와 숙소 사이의 거리가 길어 하루 20~30km를 (때론

운이 좋으면 말을 타고 가는 사람과 만나기도.

34km도) 걷지 않으면 다음 숙소에 도착할 수 없다. 여러모로 힘든 포르투갈인의 길이지만 포르투갈의 문화를 즐기고 싶은 사람, 또 중세의 멋이 담긴 길을 즐기고 싶은 사람에겐 최고의 길이다.

- **은의 길**

  스페인의 남부, 안달루시아 주의 주도 세비야에서 줄곧 북상해 스페인 남쪽을 가로지르는 길. 프랑스인의 길과는 완전히 풍모가 다르다. 알베르게가 적고 남스페인의 샛노란 태양을 이글이글 맞이하며 걷는 가혹한 길이다. 하지만 로마 시대의 유적이나 풍부한 자연, 북부와는 다른 먹거리를 즐길 수 있다.

  예전에 스페인을 남북으로 이동하기 위해 타르테소스인, 카르타고인, 로마인, 아라비아인들이 지나간 루트로 스페인의 역사와 예술, 자연에 푹 빠질 수 있는 길. 프랑스인의 길에는 아스토르가에서 합류한다.

  세비야에서 아스토르가까지는 약 650km. 도중 하루에 30km를 넘게 걸어야 하는 구간도 있다. 체력에 자신이 있는 사람을 위한 길. 4월 무렵에 출발하는 게 좋다.

*

이런 곳에서부터 시작하는 사람도……

- **프랑스 국내를 걷는다면 르 퓌에서 시작하기**

  카미노는 스페인을 걷는다는 이미지가 강하지만 실제로 그 기점은 프랑스다. 피레네 산맥 기슭, 생장에서 시작하는 게 일반적이지만 그 외의 기점부터 시작하는 사람도 많다. 파리, 베즐레이, 아를, 르 퓌. 그중 가장 인기가 있는 건 르 퓌에서 시작해 생장으로 합류하는 길. '경치가 황홀할 정도로 좋다'는 이유로 특히 프랑스인에게 인기가 높은 길이다. 길 안내 표지판이 정비되어 있어 상세한 지도를 입수할 수 있고, 저렴한 숙박소가 모여 있으며 거리가 짧아서 좋고 세 개의 순례길 중에서는 가장 걷기 쉽다.

프랑스인의 길에 있는 숙소는 알베르게가 주류를 이루지만 르 퓌에서 생장까지 가는 길에는 '지트'라고 부르는 농가 민박으로 배낭여행객이 묵기 좋은 아주 저렴한 숙소가 있어 거기에 묵는 순례자도 많다. 알베르게와는 다르게 테이블을 둘러싸고 함께 식사하는 것이 일반적으로, 만나는 순례자 대부분과 사이좋게 지낼 수 있다. 1박 25~35유로로 약간 비싸지만 식사는 스페인보다도 맛있다고 호평이 나 있다. 완만한 구릉을 넘으며 목초지나 옥수수 밭, 해바라기 밭 등 화창한 전원 풍경을 만끽할 수 있고 때론 숲 속을 빠져나가기도 한다. 숲 속 고요한 곳에서 중세의 멋을 느낄 수 있는 마을 콩크는 '프랑스에서 가장 아름다운 마을'로 뽑혔다. 이곳의 수도원에서는 매일 밤 음악회나 미사가 열린다고 한다.

르 퓌에선 높이 82m의 돌산 위에 선 생미셸 데기유 예배당 등이 볼거리다. 그 외 라 로미외는 '고양이 마을'로 유명해 가는 곳마다 고양이의 오브제가 있다. 또한 이 마을의 순례 안내소에선 크리덴시알을 받을 때 가리비 모양의 메달을 받을 수 있다. 르 퓌에는 노트르담 대성당이 있어 오전 7시부터 이곳을 출발하는 순례자를 축복하기 위한 미사가 열린다.

• 멋진 하이킹 루트, 아를의 길

프랑스에서 출발하는 네 가지 루트 중 가장 멋진 순례길로 알려져 있다. 프랑스 남서부의 오래된 도시 아를을 출발한 뒤 몽펠리에, 툴루즈를 경유해 프랑스와 스페인의 국경인 솜포르토 골짜기를 지나 푸엔테 라 레이나에 이르는 구간은 아라곤의 길이라 부르며 웅대한 피레네 산맥의 경치를 즐길 수 있다. 프랑스에서 이 루트는 장거리 하이킹 루트로 인기가 높다. 피레네 산맥을 넘어가며 급격한 경사면이 많고, 오르막과 내리막이 많다. 길 안내 표지판도 그리 잘되어 있는 편은 아니라서 지도나 나침반을 가지고 가는 편이 좋다.

트래킹이나 하이킹에 익숙한 중상급자를 대상으로 하고 있긴 하지만 역사적인 유적이나 건축물도 많아 마치 중세로 타임슬립한 기분으로 순례를 즐길 수 있다.

• 또 하나의 길이 시작되는 곳, 하카

참고로 아를(아를까지는 파리의 리옹 역에서 고속열차인 테제베가 다닌다)에서 시작하는 길 위에 있는 작은 마을 하카는 론세스바예스와 함께 순례 시작 지점으로서 인기가 높다. 피레네 산맥의 스페인 쪽 기슭에 있으며 론세스바예스보다 좀 더 남동쪽에 위치한다. 하카의 대성당은 스페인에서 최초로 세운 로마네스크 건축으로 이후의 종교 시설 디자인에 영향을 미쳤다고 한다. 또한 하카에서부터 약간 떨어진 산간부 바위에 숨은 듯 서 있는 산후앙 데 라 페냐 수도원은 스페인이 이슬람 세력에 지배당하던 시대에 기독교를 지키려 했던 사람들에겐 신앙의 상징으로 중요한 의미를 지니고 있었다고 한다.

론세스바예스와 비교해 지명도는 떨어지지만 기독교 건축에 관심이 있는 사람, 또 신앙을 지닌 사람에게는 매우 흥미로운 마을이 될 게 틀림없다.

몽펠리에, 툴루즈에는 프랑스 최대 규모의 바실리카 대성당, 오거스틴 미술관 등 관광 명소가 산재해 있다. 송포르에서 약 220km 앞 마을인 오슈에는 세계유산인 생트마리 대성당이 있어, 장미창이나 로마네스크 조각 등을 마음껏 감상할 수 있다.

*

순례 전후에 들르면 좋은 스페인 북부의 완소 마을

살면서 스페인 북부를 가볼 기회는 그렇게 많지 않을 것이다. '모처럼 가는 김에 순례길 외에 북부의 주요 관광지에도 들러보고 싶다'고 생각하는 사람이 꽤 많지 않을까?

부르고스, 레온, 팜플로나는 스페인 북부에 있는 마을까지 가는 버스가 서는 지점이다. 앞으로 소개하는 마을은 최근 몇 년 사이 계속해서 주목받고 있는 스페인과 포르투갈의 마을. 순례길에서 그리 멀지 않은 거리라 어렵지 않게 둘러볼 수 있는 마을들이다. 아름다운 자연환경과 풍부한 음식, 오래전부터 남아 있는 역사나 문화를 한껏 즐길 수 있다. 아름다운 경치를 감상할 수 있는 장소들로만 선별했다. 순례길에서도 충분히 이런 것들을 즐길 수 있지만 순례 도중 피곤에 지친 몸을 쉬고 싶거나, 여행 일정에 여유가 있는 사람은 꼭 한번 발길을 옮겨보면 좋을 것이다.

• 미식의 마을, 산세바스티안

산세바스티안. 최근 몇 년간 화제가 되고 있는 이곳의 이름을 알고 있는지? 바스크 지방(프랑스 국내에서 부르는 정식 명칭이 아닌, 스페인과 프랑스 국경 주변 지역의 총칭)은 예로부터 미식으로 번영해온 지역이다. 피레네 산맥과 비스케 만이라는 두 가지 자연의 은혜를 입어 식재료가 풍부하고 경제적으로도 풍요로웠던 터라 외식 산업이 성행하게 되었다. 그중에서도 바스크 지방 중심에 있는 산세바스티안은 미슐랭 가이드에서 별 세 개를 받은 레스토랑이 세 곳이나 있어 세계 제일의 미식 마을이라 불리고 있다.

산세바스티안의 레스토랑은 인기 메뉴 레시피를 독점하지 않고 가게들이 서로 공유하고 있다고 한다. 그것이 마을 전체 음식의 질을 높이는 길이라고 생각해서인 듯하다. 때문에 미슐랭이 선정한 레스토랑뿐만 아니라 줄지어 서 있는 레스토랑이나 바 모두 음식이 맛있다고 세계 곳곳에서 큰 호평을 받고 있다.

바의 카운터는 보고 있기만 해도 즐겁다.

스페인의 대표 요리 핀초스는 어떤 바에 가더라도 주방장이 뛰어난 실력을 뽐내며 그 가게만의 고유 메뉴를 내놓는다. 그중에서도 올리브와 식초로 절인 긴디야(푸른 고추), 안초비를 곁들인 힐다라는 핀초스는 산세바스티안의 명물. 생 햄과 초콜릿도 이 지방의 특산품이다. 특히 초콜릿은 대항해 시대에 스페인이 카카오를 가장 많이 획득했던 것으로 알려져 있다. 특히 초콜릿을 이용한 과자 '베레 바스크' 등이 유명하다. 그 외에 와인을 콜라와 섞은 음료 칼리모초나 차콜리라고 부르는 바스크 특산 미세발포 화이트와인이 유명하다.

산세바스티안은 순례길 '북쪽 길'의 기점, 이룬에서 금방 닿을 수 있다. 또한 스페인 내 도시에서 생장까지 가는 길에 지나는 곳이기도 해 순례 시작 전에 들르는 것도 좋다.

• **아름다운 해안 마을, 히혼**

하얀 요트와 보트가 늘어선 푸른 바다. 붉은 히혼의 로고가 새겨진 기념상. 그림 같은 스페인 북부의 비치 리조트 히혼. 아스투리아스 주 최대의 도시이며 물가가 싸고 자연이 풍요롭고 아름다워 스페인 사람들의 휴양지로도 인기가 높다. 유럽 축구 팬에게는 '스포르팅 히혼'이 있는 장소라고 설명하는 편이 빠를지도 모르겠다. 마을 중심지인 시마 데 비아 지구에는 인기 있는 바와 레스토랑이 즐비하며 밤늦게까지 관광객으로 북적거린다. 특별한 점은 음식점의 넉넉한 인심. 모든 바에서 마실 것을 한 잔 주문하면 두세 가지 타파스나 핀초스를 무료로 서비스해준다. '북쪽 길' '프랑스인의 길'에서도 가까운(성지에서 약 300km 앞 마을로 레온에서 버스로 갈 수 있다) 곳에 있으므로 순례 도중에 휴식을 겸해 찾아보는 건 어떨까.

- **포르투갈 옛 도읍의 숨결이 담긴 포르투**

축제와 관련된 항목으로도 언급한 적 있는 포르투갈 제2의 도시 포르투는 시간에 여유가 있다면 꼭 들러보길 권하는 도시다. 특히 한국인에게 큰 인기를 얻고 있어 순례 후에 들르는 사람이 많다. 그중엔 산티아고에서 걸어가는 사람도 있다니 놀라운 일이다.

세계유산으로 지정된 리베이라 지구는 중세의 분위기가 남아 있는 멋진 거리 풍경이 아름답다. 불규칙하게 늘어선 돌담이 멀리까지 이어지는 길에 작은 트램(노면전차)이 천천히 흔들리며 달리고 있는 풍경이 복고적인 느낌을 자아낸다. 사람들도 상냥하다. 어딘가 서정적이면서도 편안한 마음을 갖게 하는 도시다. 커다란 다리 저편엔 와인 셀러가 죽 늘어서 있어 이 지역 명물인 포트와인을 즐길 수 있다. 마을에서 걸어서 10분 정도 거리에 아름다운 비치가 있으며 저녁노을이 지는 바다를 바라보며 그저 맥주나 마시며 멍하니 앉아 있는 것만으로도 행복한 기분에 젖어들게 한다.

또한 포르투에서 전차로 한 시간, 매년 여름이 되면 거리가 온통 형형색색의 우산으로 뒤덮이는 아구에다도 추천할 만한 도시다. 산티아고에서 마드리드나 바르셀로나로 돌아가는 것도 좋지만 포르투에서도 유럽 각 도시를 향하는 비행기편이 많으니 포르투에서 출발하는 귀국 항공편을 구입하는 것도 좋은 선택이다.

- **시간 여유가 있다면, 피스테라와 무시아**

산티아고에 도착했다면 부디 지나치지 말고 들렀으면 하는 곳이 바로 피스테라와 무시아다. 양쪽 모두 중세 순례자들이 순례의 마지막 지점으로 산티아고 도착한 후 많이 찾는 장소였다.

피스테라는 산티아고에서 90km 거리에 있는 스페인 최북단의 땅. 그 지리적인 특성 때문에 고대 켈트 시대나 로마 시대엔 특별한 장소로 인식되었다. 지금은 산티아고에서 버스로 2시간 정도면 갈 수 있지만 걸어서 가는 사람도 아직 많다.

산티아고에서 피스테라에 이르는 길은 맑고 아름다운 자연을 감상할 수 있는 소박한 길이다. 특히 마지막 17km의 길은 대서양을 바라보며 걷는 바다를 따라가는 길. 산티아고까지와는 전혀 다른 고요함 속에 맛있는 해산물을 맛보며 지금까지 여행의 여운에 빠져볼 수 있을 것이다. 최북단에 위치한 곳엔 흰 등대가 서 있는데, 거기서부터 바라보는 바다가 절경이다. 이 곳에 도착한 옛 순례자들은 도착을 축하하기 위해 신고 있던 옷이나 신발을 불태웠다고 한다. 그러한 관습이 남아 바다로 튀어나온 바위 터에는 부츠 형태를 한 조형물이 서 있다.

피스테라에서 28km 거리에 있는 무시아는 조용한 어촌이다. 곶이 튀어나온 곳에 있는 '배의 성모교회Santa Maria de Barca'는 영화 〈더 웨이〉의 마지막 장면에도 나오는데 거기서 바라보는 저녁노을이 매우 아름답기로 순례자들 사이에서 정평이 나 있다.

산티아고, 무시아, 피스테라는 삼각형을 이룬다. 산티아고에서 출발할 경우, 55km 지점인 올베이로아까지 먼저 걷는다. 거기서부터는 길이 피스테라 방면과 무시아 방면으로 갈라진다. 피스테라와 무시아도 서로 연결되어 있기 때문에 산티아고→피스테라→무시아를 도는 (그 반대도 마찬가지) 사람이 많다. 알베르게의 수는 늘어나고 있지만 걷는 길에 카페도 매점도 없는 구간이 많으므로 음식물을 넉넉히 챙기는 것이 좋다. 무시아와 피스테라도 순례 증명서를 발행하고 있으므로 알베르게에 문의해보자.

더욱 친밀하게 스페인 문화를 접해보고 싶다면 축제 시즌에 맞춰 걷는 것도 좋다. 순례길에서는 봄부터 가을에 걸쳐 다양한 축제나 이벤트가 개최된다. 축제에 참가하면 걷기만 하다가는 그냥 지나쳐버릴 수 있는 현지 사람들의 생활과 문화를 보다 잘 알 수 있게 된다. 여정을 짤 때 축제 일정을 고려하는 걸 잊지 말자.

• 산페르민 축제(팜플로나의 소몰이 축제)

순례길에서 이루어지는 축제 중에서 가장 유명한 것이라면 바로 이 산페르민 축제(소몰이 축제)일 것이다. 스페인 3대 축제 중 하나로 매년 100만 명에 이르는 사람들이 전 세계에서 몰려드는 아주 큰 축제다. 이 축제를 기점으로 팜플로나에서부터 순례를 시작하는 사람도 많다.

성 페르민 기념일인 7월 7일을 메인으로 9일간(6~14일) 떠들썩한 축제가 이어진다. 축제의 하이라이트인 '소몰이'(200명 가까이 되는 사람들이 사나운 투우 여섯 마리에게 쫓기며 800m 거리를 전력으로 달린다) 외에 퍼레이드나 포장마차, 민속무용 등 화려한 이벤트가 수많은 사람들을 끌어들인다.

7월에 순례를 떠나려고 생각한다면 세계 유수의 축제를 구경한 뒤 순례를 시작하는 게 좋은 전조가 될지도 모르겠다. 단, 버스 티켓이나 항공권, 호텔도 이 시기엔 사기 어려워지므로 미리미리 준비하자(단, 크레덴시알을 가지고 있으면 부근 마을의 알베르게에서 1박까지 가능하다).

• 산티아고의 성 야고보 축제

산티아고에서 매년 7월 제3주부터 4주(7월 24~25일)에 이루어지는 성 야고보 축제는 순례길에서 가장 중요한 축제 중 하나. 스페인 사람들에게 인기가 높은 이 축제 기간 중에는 마을이 세계 각지에서 찾아온 순례자와 스페인 국내 관광객으로 넘쳐난다.

24일 밤에는 오브라도이로 광장에서 축복의 불꽃이 성대하게 오르며, 날이 새면 성 야고보에게 바치는 엄숙한 미사가 시작된다. 이 미사에선 매일 산티아고 대성당에서 이루어지는 순례자를 위한 미사와 마찬가지로 보타푸메이로가 교회 저 끝에서 이 끝까지 왕복한다. 스페인 지방의 축제하면 전통적인 민속무용이나 거대한 인형 퍼레이드가 일반적이지만, 산티아고의 축제는 현대음악이나 현대무용을 공연하는 등 가장 최신의 예술을 접할 수 있는 것으로 유명하다.

• 산후안 축제 (포르투)

'포르투갈인의 길'이 지나는 곳이자 포르투갈 북부 만을 접하고 있는 도시 포르투는 포르투갈 제2의 도시. 그레고리우스 대성당이 있는 구시가지는 포르투 역사 지구라고 불리며 유네스코 세계유산에 지정될 정도로 아름다운 마을 풍경을 간직하고 있다. 또한 포트와인의 산지로도 유명하다.

여기서는 매년 6월 23일에 포르투갈의 성인(聖人)을 축복하는 '산후안 축제'가 개최된다. 역사 깊은 유적지 리베이라 지구를 중심으로 불꽃놀이가 펼쳐지며 명물인 정어리 숯불구이를 포장마차나 각 가정에서 요리한다. 이날만은 뿅망치로 모르는 사람의 머리를 때릴 수 있게 정해져 있는데, 악을 물리치기 위해 마늘 꽃으로 사람의 머리를 때

리던 풍습에서 유래되었다고 한다.

이 축제의 하이라이트는 0시부터 시작되는 대행진. 리베이라에 모인 군중이 노래를 부르고 춤을 추며 마을을 빠져나가, 바다로 이어지는 길을 행진하며 해변에서 일출을 맞이한다. 광란과 떠들썩한 분위기 속에서 사람들이 흥분한 모습으로 열을 내며 행진하는 광경은 환상적이기까지 하다.

포르투까지는 산티아고에서 버스(직통은 아니지만)로 갈 수 있다. 소요시간은 3시간 반으로 요금은 약 33유로(한화 45,000원가량) 정도다. 스페인에 간 김에 포르투갈까지 가봐야겠다고 결심했다면 꿈같은 하룻밤을 보내기 위해 포르투로 걸음을 옮겨보는 것도 좋을 것이다.

• 산마테오 축제

순례길이 아니더라도 스페인에서는 9월에 축제가 많이 열린다. 1년 중 가장 음식이 풍족한 9월에 축제가 집중되어 있는 건 먹는 것을 아주 좋아하는 스페인만의 풍습이다. 그 외 순례길 각 마을이나 거리에서도 먹거리와 관련된 축제가 많다. 치즈가 유명한 마을(세브레이로 등)에서는 치즈 축제가, 와인이 유명한 마을에서는 와인 축제가 열린다.

리오하의 중심 도시 로그로뇨에서는 스페인 국내에서도 유명한 포도 수확 축제가 열린다. 매년 9월 20일부터 26일에 걸쳐 열리는 산마테오 축제는 수확에 감사하며 포도 밟기를 하고 가장 처음 짠 과즙을 수확의 신에게 바치는 전통 행사. 9월에 들어설 무렵 마을은 이미 축제 분위기로 콘서트, 불꽃놀이, 투우 등 한 달 동안 다채로운 행사가 열린다.

• 카미노가 가장 활기를 띠는 '성년(聖年)'

카미노 데 산티아고가 가장 떠들썩한 때는 '성년'이라 불리는 해이다. 성년이란 성 야고보의 축일, 7월 25일이 일요일이 되는 해를 뜻한다. 6, 5, 6, 11년 주기로 반복되며 다음 성년은 2021년에 해당한다. 그다음이 2027년이다.

'성년'은 기독교에서 특별한 해로 이해에 걸은 순례자들은 모든 죄를 용서받는다고 한다. 때문에 순례자 수가 부쩍 늘어나며 순례길 각지에서 여러 이벤트가 개최된다.

산티아고 대성당에는 '성스러운 문'이라고 해서 성년에만 열리는 특별한 문이 있다. 성년의 전해 섣달그믐에 많은 순례자가 지켜보는 가운데 대주교가 그 벽을 망치로 부수고 성스러운 문을 여는 의식을 거행한다. 이 문을 빠져나가면 죄가 정화된다고 알려져 있다. 다양한 만남이 이루어지는 '성년 순례'. 단, 숙소도 바로 꽉 차버리니 주의해야 한다.

칼럼3
POR QUÉ CAMINOS?

바다 저 아래부터 궤도 수정.
여자 홀로 디톡스가 된 여행!

25세 여성, R씨

출발하기 전 나는 일 때문에 무척 우울한 상태로 매일같이 울기만 하는 견딜 수 없는 나날을 보내고 있었다. 상사로부터 "여기서 도망치면 평생 계속 도망만 치는 인생을 산다"는 말을 듣고 괴로운 마음으로 일을 지속하고 있었다. 하지만 드디어 한계가 찾아왔다……. 그때 스페인 유학을 했던 학생 시절부터 계속해서 가고 싶었던 카미노를 떠올렸다. 지금밖엔 없다고 상사에게 선언하고는 무작정 여행을 떠났다.

체력에 자신이 없어 기간을 길게 잡았다. 귀국할 때 바르셀로나에 들르기 위해 항공권은 파리로 들어가 바르셀로나에서 나오는 45일권. 그렇게 정한 게 출발 2주 전으로 서둘러 여행 준비를 했다. 나는 교회의 알베르게를 좋아해 그런 곳이 있으면 반드시 거기 묵었다. 시설은 낡았지만 기부를 받아 차려주는 식사를 다 같이 먹고 기도를 한다. 인상적이었던 곳은 여덟 명밖에 살지 않는 작은 마을 토산토스. 하나뿐인 바가 아쉽게도 그날엔 문을 닫은 터라 음식을 할 재료가 없어 숙박하고 있는 사람 모두가 가지고 있는 식재료를 끌어모아 어떻게든 식사를 만들었던 것도 좋은 추억이었다.

꼭 챙겨야 한다고 생각한 건 등산용 스틱. 처음엔 필요성을 느끼지 못했지만 피레네를 넘는 산길이 너무 힘들어 출발하고 나서 며칠 만에 구입. 신발의 안창도 약국에서 다시 사 갔었다. 이 두 가지가 없었다면 포기했을지도 모르겠다.

가지고 가길 잘했다고 생각한 건 발가락 양말과 접이식 소형 빨래집게. 마른 세탁물 그대로 안에 넣을 수 있고 실내에서도 말릴 수 있었다. 외국에는 없는 모양으로 저패니즈 테크놀로지라며 칭찬받았다. 오히려 샴푸와 린스, 세제, 바디워시를 일본에서 가져갔는데 결국 중간에 구입한 커다란 샴푸 한 통으로 전부 해결했다.

처음엔 괴로운 일상만 떠올리며 부정적인 기분으로 계속 걸었다. 그것이 극에 달한 게 10일째. 다리도 아프고, 다른 사람들이 점점 나를 추월하기 시작해 '나는 일도 못 하고 걷는 것조차도 못 하는구나' 하는 생각에 기분은 저 밑바다. 길 도중 짐을 내려놓고 엉엉 울어버리고 말았다. 거기에 스페인 아저씨가 "괜찮니?" 하며 말을 걸어왔다. 귀찮아서 가라고 하는데도 아랑곳하지 않고 말을 걸었다. 왜 울고 있는지는 전혀 묻지 않고 "실컷 더 울어라" 하고 말했다. 또 걱정이 돼서 말을 걸어오는 사람들에게 "이 아가씨, 오늘은 우는 날이야"라고 대신 대답해주었다. 그때 한 순례자가 해준 말을 지금도 잊을 수 없다. "Have a good cry!" 출발 전에는 울기만 했던 내게 뭔가 죄책감을 느꼈는데 "신나게 울어라"라는 말을 들은 건 처음이었다.

순례를 끝낸 뒤에는 또 한 번 도전해보고자 업무에 복귀. 지금은 '도저히 참기 힘들면 그만두자'는 마음으로 어깨에 힘을 빼고 일하고 있다. 여행을 떠나기 전에는 '나를 어떻게든 바꾸고 싶다'고 강하게 생각했지만 실은 아무것도 바꾸지 않아 잘했다고 생각한다. 카미노는 한마디로 말해 나를 변화시키는 여행이라기보다 '궤도 수정'에 더 가까운지도 모르겠다.

5

———

맛있는 나라
스페인 만끽하기!

*

순례자의 길은 맛의 길!

- **로그로뇨는 미식가의 마을. 리오하 와인을 만끽하자**

  '프랑스인의 길'에서 두 번째로 통과하는 라 리오하 주는 와인으로
유명한 곳. 때문에 리오하의 중심 도시에 있는 로그로뇨에는 밤이면
밤마다 사람들로 시끌벅적한 유명한 바 스트리트가 있다. 라우렐 거리
나 산후앙 거리엔 현지에서도 유명한 바가 빽빽이 들어차 있어 타파
스의 맛을 걸고 격렬히 경쟁하고 있다. 알베르게의 통금 시간에 주의
하면서 맛있는 와인을 마음껏 즐겨보자.

- **세브레이로의 고개에서는 벌꿀을 듬뿍 뿌린 염소 치즈**

  순례 마지막 난관은 표고 1,320m의 오 세브레이로. 그 정상엔 조촐
하고 아담한 바나 교회, 알베르게가 늘어서 있는 마을이 있다. 바의 명
물인 벌꿀을 뿌려 먹는 염소 치즈는 최고! 입 속에서 사르르 녹아내릴
정도로 부드럽고 신선한 신맛과 농후한 벌꿀의 단맛이 풍미를 더한다.
토스트에 얹어 아침밥으로 먹어도, 저녁 식사 디저트로도 좋다.

- **폰세바돈에서 먹는 신선한 지비에 요리**

  이라고 언덕 정상 부근의 작은 마을, 폰세바돈에는 산속에서 잡은
지비에(식용을 목적으로 야생에서 사냥한 동물)를 내놓는 유명한 중세 요

세브레이로의 명물 염소 치즈

산티아고의 명물 케이크 타르타

리 레스토랑이 있다. 메추리를 닮은 차이니즈프랭컬린이라는 새, 토끼 등 계절에 따라 다른 지비에를 제공한다. 소박한 조리법과 양념으로 막 잡은 야생의 맛을 한껏 느낄 수 있다. 특히 감자와 함께 나오는 사 슴 고기 조림은 가히 최고라 할 만하다.

참고로 양도 상당히 터프해 한 접시에 2~3인분은 족히 나온다. 레 스토랑 내부 장식도 중세의 오두막집 분위기를 재현하고 있어 촛대나 모직 태피스트리가 분위기 만점. 한 접시 15유로 정도로 순례길 안에 선 다소 가격이 있는 편이지만 이라고 정상을 끝까지 오른 자신에게 주는 보답으로 꼭 들러보면 어떨까.

• 부르고스의 모르시야

도재 피를 굳힌 소시지로 조리거나 튀겨 먹는다. 피비린내가 나서 현지 사람이라도 호불호가 갈린다. 예전부터 식육 가공업이 성행한 지 방답게 부르고스에서는 다양한 고기 요리를 맛볼 수 있다. 특히 '올라 포드리다Olla podrida'는 레온 주에서 16세기부터 전해오는 냄비 요리. 돼지고기나 초리소 등의 가공육과 병아리콩 등을 조린 고기 요리로 여러 종류의 고기가 꽉 찬 냄비엔 스태미너가 가득하다. 스프와 건더 기는 따로 먹는다.

• 팜플로나의 핀초스

팜플로나에서는 타파스를 핀초스라고 부른다. 롱가니사(파프리카를 설탕, 소금, 후추, 마늘 등과 함께 고기 간 것을 섞어 내장에 채운 것)나 화이트 아스파라거스 샐러드 등 명물 요리가 가득하다.

- **갈리시아 지방 일품 수프, 칼도 가예고**

순례길에서 처음으로 도착하는 갈리시아 지방은 바다와 산에 둘러싸인 곳. 때문에 식재료도 풍부해 메를루사(대구목의 심해어) 조림이나 바에서 스낵처럼 내오는 엠파나다(밀가루 반죽에 조개나 생선, 고기 등을 채워 넣은 파이의 일종) 등 신선한 어패류를 이용한 요리를 즐길 수 있다. 순례를 하면서도 맛있는 먹거리를 찾는 사람에겐 참을 수 없이 좋은 곳이다.

그중에서도 꼭 도전해봤으면 하는 건 전통 요리 '칼도 가예고'. 콩과 소금에 절인 돼지고기와 감자, 순무가 들어간 수프엔 고기의 소금 맛과 부드러운 야채 맛이 절묘하게 어울린다. 또 몸이 따뜻해지며 피로를 회복하게 해준다. 특히 산티아고 데 콤포스텔라의 구시가지에 있는 '카사마뇰로'는 순례자에게 큰 인기를 얻고 있는 레스토랑. 여기에서 맛볼 수 있는 칼도 가예고는 건더기가 풍족해 순례길에서 맛본 음식들 중 가장 맛있었다. 저렴한 데다 메뉴도 다양하다.

- **메리데의 문어 요리, 풀포**

갈리시아 지방에서 꼭 먹어봐야 할 명물 요리가 또 하나 있다. 순례길 마지막 즈음에 방문하게 되는 소도시 메리데. 여기에서 맛볼 수 있는 '풀포아페리아'는 지나는 순례자라면 거의 다 맛본다는 아주 유명한 요리다. 탱글탱글 신선한 문어를 큼직하게 잘라 소금을 넣고 삶은 뒤 올리브유와 파프리카를 뿌려 만든 심플한 요리지만 식감 좋은 문어에 매콤한 파프리카가 매우 잘 어울린다. 특히 이 요리에 특화된 레스토랑 '플루페리아 에스겔'은 이 지역 사람들도 냄비를 들고 사러 올 정도로 인기가 높다.

캐주얼한 카사마놀로에는 수학여행으로 온 아이들도 모인다.

카사마놀로에서는 간단한 코스를 즐길 수 있다.

풀포아페리아는 생 문어에 파프리카를
듬뿍 뿌려 먹는 것이 보통

소파 데 아호

• **카스티야 이 레온 주의 소파 데 아호**

빵, 마늘, 계란으로 만든 스페인의 대표적인 스프. 스프지만 상당히 무게감 있는 요리로 다른 지방에서도 종종 볼 수 있다. 마늘과 고추, 닭고기 엑기스가 녹아든 스프는 영양 만점. 피로 회복을 위해서도 꼭 권한다. 소파 데 아호는 간단히 만들 수 있으므로 슈퍼에서 식재료를 구입해 알베르게 부엌에서 자주 만들어 먹게 된다.

*
와인, 맥주, 과실주…… 알코올 천국, 스페인

술 이야기가 나온 김에 순례하는 동안 만날 수 있는 술에 대해서도 이야기해보자. 술을 좋아하는 사람에겐 이 이상 즐거운 여행은 없을 거라 생각한다. 맛있는 와인을 공짜에 가까운 가격에 마음껏 마실 수 있으니까.

스페인은 말할 것도 없이 유명한 와인의 산지. 북쪽에서 남쪽까지 맛있기로 유명한 브랜드의 와인이 없는 곳이 없어 거짓말처럼 싼 가격으로 와인을 실컷 마실 수 있다. 특히 순례길에 지나는 나바라 주의 와인이나 유명세를 떨치는 리옹의 와인은 각별하다. 주변 슈퍼에 널린 값싼 와인이라도 충분히 그 맛을 음미할 만하다. 타파스나 치즈, 살라미, 소시지와도 최고의 궁합. 그 지역 명물 타파스와 와인의 기막힌 콤비네이션을 즐겨보자.

레스토랑이나 바를 찾기 힘들 땐 '쿠알 에스 투 레코멘다시온Cual es tú recomendación?'이라고 물으면 된다. 각 바의 점장이 짐짓 가슴을 펴고 그 가게에서 가장 추천할 만한 것을 내어줄 것이다. 각 지역별 와인을 마시며 꼭 그 맛을 비교해보길 바란다.

목적지에 가까워질 무렵 마셔보면 좋은 게 바로 시드르. 순례길에서 만나게 되는 마지막 술로, 갈리시아 지방의 명물 사과주다. 확 풍겨오는 과즙의 달콤한 향, 새콤달콤한 탄산이 입안에서 퍼진다. 지쳤을 때 마시면 힘이 난다.

Epilogue

에필로그

카미노 데 산티아고의 매력이 여러분에게도 충분히 전달되었을까?

제1장에서는 실제의 체험담을, 제2장에서는 스페인 순례의 개요와 그저 걷는 게 아니라 여행을 하며 만날 수 있는 음식이나 마을의 매력을 가득 싣고 싶었다. 칼럼을 통해 주변의 경험자들이 전해준 정보도 함께 수록했다.

내가 세 번에 걸친 카미노 여행에서 얻은 가장 큰 배움은 '인생은 몇 번이고 다시 시작할 수 있다'는 것이다.

카미노에는 여러 사람들이 있다. 인생에 좌절해 다시 시작하기 위해 제대로 자신과 마주하고 싶은 사람, 단순히 먹고 마시고 다른 순례자들과의 교류를 즐기고 싶은 사람, 경건한 기독교 신자, 파트너를 잃은 사람. 다양한 이유로 모여든 사람들이 하나가 되어 성지로 향한다. 여기에서는 어떤 상대라도 길고 긴 여정을 넘어가기 위한 마음 든든

한 파트너가 된다. 그들의 셀 수 없을 정도로 다양한 인생을 함께하는 동안 '어떤 인생이든 있을 수 있구나' 하고 깨닫게 된다. 만약 당신이 삶에 지쳐 이 길에 왔다 하더라도, 문득 편안한 기분을 느낄 수 있게 해주는 곳, 지금까지 열심히 해온 자신에게 조금은 잘했다고 칭찬해줄 수 있는 장소가 바로 여기다.

기운을 잃은 사람을 기운차게, 즐거운 인생은 더욱 행복하게. 그게 이 길이 가져다주는 신비한 작용이다. 결코 이 길이 '파워 스폿'이라든지 영적인 효능을 가진 장소이기 때문은 아닐 것이다. 이 길에 힘을 불어넣는 건 길을 지나가는 '사람'이다. 이곳에서 생활하는 사람, 길을 지탱해주는 자원봉사자들과 협회의 사람들, 그리고 천 년의 시간에 걸쳐 이 길을 걸어온 수없이 많은 수의 '동료'들.

이 책을 쓰면서 많은 사람을 취재했다. 나카야마 케이 씨, 무라야마 리에코 씨, 안도 이라 씨, 사진을 제공해주신 아와지 아이 씨, 아다 미코 씨. 그리고 '순례 책을 만들자!'고 결정하자 바쁜 와중에도 짧은 휴가를 내 혼자서 순례길에 덤벼든 활기 넘치는 편집자 미노 치사토 씨에게 크게 감사하고 있다.

말할 나위 없이 한 사람 한 사람이 전혀 다른 순례 체험을 한다. 한 사람이 '여기는 괴로웠다!'고 말하는 게 다른 사람에겐 더할 나위 없이 즐거운 경험이었을 수도 있다. 이 길에 정답은 없다. 필자의 시점으로 다양한 정보를 실었지만 이 책은 어디까지나 하나의 예시에 불과하며, 100명이 있다면 100가지 순례 스타일이 있다. 책을 참고삼아 자신의 직감에 따라 행동하길 바란다. 이 책이 당신 자신의 손으로 만들어낼 카미노 체험에 작은 도움이 될 수 있다면 충분히 행복할 것 같다.

나만의 길을 목표로, 울트레야(자, 떠나자)!

한국 독자들에게

세 번의 카미노 여행을 하면서 많은 한국인 순례자들을 만났다. 말 한 마디로 나를 카미노로 이끌어주신 인류학자 김양주 선생님을 시작으로, 연령도 출신도 제각각인 다양한 동료들이 나와 함께했다. 말도 통하지 않는 곳에서 길을 잃고 우왕좌왕할 때, 때로는 쏟아지는 눈물을 주체할 수 없을 때 그들의 격려가 큰 힘이 되었고, 함께 무사히 성지에 도착하는 기쁨을 맛봤다. 이 값진 순례의 경험을 통해 내겐 한국이라는 나라가 매우 친근해졌다. '언젠가 순례를 함께한 동료들에게 은혜를 갚고 싶다' 하는 마음이 이 책을 쓰게 했다.

여기서 고백할 중요한 사실이 있다. 실은 일본의 출판사로부터 "스페인 순례에 관한 책 써보지 않을래요?" 하는 이야기를 들었을 때, '좋아, 한국 독자들이 읽어주는 걸 목표로 해야지!' 하는 터무니없는(?) 야망을 먼저 떠올린 것이다. 당시 나는 책 한 권 써본 적 없는 풋내기 작가였으므로 한국어 번역 출간이라는 건 그야말로 완전히 뜬구름과도 같은 얘기였다. 하지만 무사히 책을 출간한 다음 달, 다산북스로부터 오퍼를 받았고 우수한 번역자를 만나 이렇게 여러분에게 이 책을 전할 수 있게 되었다.

번역 출간이 결정되었을 때, 기쁜 마음에 펄쩍 뛰었다. 해냈다! 이제 함께 여행한 한국인 친구들에게 내 마음을 전할 수 있게 됐구나! 내가 이 여행에서 얼마나 많은 도움을 받았는지, 이 여행이 인생에서 얼마나 중요한 것이 되었는지, 당신들의 존재가 얼마나 나를 구원해주었는지를 그들의 말로 말이다!

한국어판을 출간할 기회를 준 다산북스 출판사 분들, 에이전시와 이야기를 나누며 출간될 때까지 열심히 도와준 번역자 혜령 씨, BC 에이전시 여러분들께 감사의 마음을 전한다.

한국과 일본 사회는 물론 다른 점이 많지만 닮은 구석 역시 많다. 특히 요즘 사회가 안고 있는 다양한 문제들은 두 나라 모두 피해가지 못했다. 취업난, 대학입시, 일에 지쳐 걸리게 되는 '탈진 증후군', 아이를 갖기 위해 겪어야 하는 힘든 현실, 다양한 정신적인 문제들.

탁류처럼 몰아닥치는 힘든 현실에 휘말려, 문득 자신의 길을 잃어버리는 사람도 있을 것이다. 그게 아니라도 때론 '숨을 돌리고 싶다!' '일상에서 뛰쳐나가 한 차례 휴식 시간을 갖고 싶다!'는 생각이 불쑥불쑥 찾아들 것이다.

힘들어도 괜찮다. 우리에겐 모험이 있으니까. 이국의 문화를 접하며 놀라움에 휩싸이고, 새로운 만남을 즐기고, 맛있는 음식과 와인을 한껏 맛보고, 미지의 풍경에 감동하는…… 그러고 나면 하얗게 비어버린 마음에 새로운 희망의 싹이 피어날 것이다.

카미노는 우리에게 '영혼을 세탁할' 기회를 제공한다. 그 경험을 함께하고픈 사람들과 국경을 넘어 서로 통하게 하고, 평생의 동료가 되게 한다.

내가 길 위에서 만난 많은 한국인 순례자들에게 마음 깊이 간직할 메시지를 얻은 것처럼, 여러분도 이 책을 읽고 순례길을 떠나 새롭고도 소중한 만남을 즐겨보기 바란다.

언젠가 카미노 데 산티아고의 길 위에서 만날 수 있을 거라 믿으며…….

그럼, 좋은 여행이 되길!

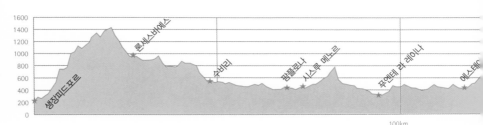

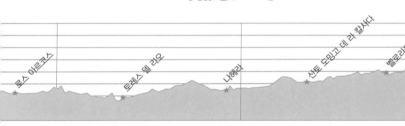

로스 아르코스   토레스 델 리오   나헤라   산토 도밍고 데 라 칼사다   벨로라도

200km

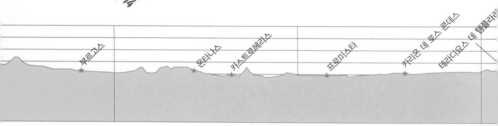

300km
400km

500km

STS. MARÍA DE MELIDE · PARROQUIA DE

SAN JUAN
PORTOMARIN

5-10-14

PARROQUIA DE SANTIAGO DE BOENTE · ALBERGUE DE ARZÚA

0 7 OCT. 2014

Ermita San Marcos de Monte do Gozo

PARROQUIA
DE BANDO

HACEMOS AMIGOS
Pulpería
EZEQUIEL
Ctra. de Lugo, 48 -MELIDE (A Coruña) - M.688 58 33 78
HACEMOS IMAGEN, GRACIAS

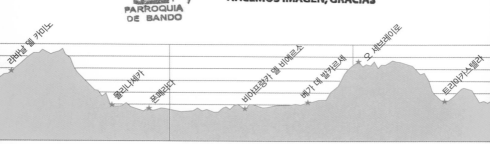

라바날 델 카미노
몰리나세카
폰페라다
비야프랑카 델 비에르소
베가 데 발카르세
오 세브레이로
트리아카스텔라

600km

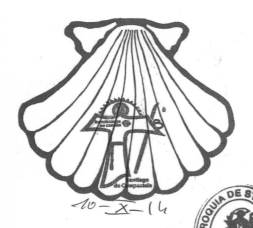

Santiago
de Compostela

10-X-14

EL PEQUEÑO
OASIS
FRAMBUESAS
-AUTOSERVICIO-
C.E.A.:
15.47.0.048
Km. 46,8
PARABISPO
MELI

PARROQUIA DE S. TIRSO DE
PALAS DE REI (LUGO)

0 6 OCT. 2014

PARROQUIA DE STO. TIRSO DE
DIOCESIS DE LUGO

2 3 SEP 2014

Ultreia e Suseia

GODIVAH PONFERRADA

0 4 OCT 2014

BARBADELO

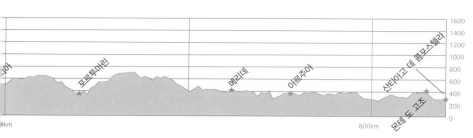

SANTUARIO SANTA MARIA A REAL DO CEBREIRO

2 OCT. 2014

La Casa de los Dioses

추천 알베르게

*산티아고에는 사설로 운영되는 알베르게가 많다. 잘 곳이 없어 곤란할 때에는 관광 안내소에 문의하자.

	장소	알베르게명	침대수	숙박비	
1	론세스바예스 Roncesvalles	Albergue de peregrines de Roncesvalles	183	12€	새롭게 생긴 수도원 병설 알베르게. 설비가 매우 좋다. 잔디와 아름다운 안뜰도 있다.
2	수비리 Zubiri	El Palo Avellano	60	16€	청결하며 넓은 정원이 있다.
3	팜플로나 Pamplona	Albergue de jesus y Maria	114	10€	모던한 디자인의 커다란 알베르게
4	시주르 메노르 Cizur Menor	Albergue Familia Roncal	52	10€	넓고 아름다운 정원에서 느긋하게 보낼 수 있다. 청결하다.
5	푸엔테 라 레이나 Puente la Reina	Albergue Jakue	85	11€	호텔 병설 알베르게. 내부 장식이 아름답고 병설 바나 레스토랑도 맛있다.
6	에스테야 Estella	Hospital de Pergrinos de Estella	96	6€	순례길가에 있어 넓고 활기차다.
7	로스 아르코스 Los Arcos	Albergue Casa de la Abuela12€	32	10€	설비가 매우 좋아 인기 있는 알베르게. 약간 비싸지만 커플룸도 있다.
8	토레스 델 리오 Torres del Rio	Albergue de Peregrinos Check in Rioja	28	12€	매우 근대적이고 아름답다.
9	로그로뇨 Logroño	Albergue Santiago Apostol	85	10€	청결한 알베르게. 마을 중심에 있다.
10	산토 도밍고 데 라 칼사다 Santo Domingo de la Calzada	Casa de la Cofradia del Santo	211	7€	대형 알베르게. 부엌이나 거실이 매우 넓어 무척 쓰기 편하다.
11	그라뇽 Grañón	Albergue Parroquial San Juan Bautista	40	기부	매우 인기가 높은 따뜻한 분위기의 숙소. 식사를 모두 함께 만들어 먹는다. 교회 병설.

12	벨로라도 Belorado	Albergue municipal El Corro	40	6€	9유로 식사가 매우 맛있다.
13	토산토스 Tosantos	Albergue Parroquial de Tosantos	30	기부	영화 〈더 웨이〉에도 등장했다. 인구가 단 여덟 명뿐인 작은 마을. 인심이 좋고 순례자끼리 교류하기 좋다.
14	아헤스 Agés	Albergue municipal de Agés	36	8€	작고 아담하며 청결. 엘리베이터가 있어 장애가 있는 사람에게 매우 편리.
15	부르고스 Burgos	Casa de Peregrinos Emaus	20	기부	교회 부속으로 호스피탈레라 가 저녁 식사를 대접해준다. 구시가지에서 약간 걷지만 청결 하고 편안하며 따뜻한 분위기.
16	프로미스타 Frómista	Albergue Estrella del Camino	34	8€	
17	카리온 데 로스 콘데스 Carrión de los Condes	Albergue Espiritu Santo	90	5€	넓고 청결한 숙소. 수녀들의 따뜻한 대접을 받을 수 있다.
18	칼사디야 데 라 쿠에사 Calzadilla de la Cueza	Albergue Municipal de Calzadilla de la Cueza	34	5€	두 채의 알베르게 중 하나. 청결하고 근대적. 남자용. 여자용 샤워룸이 헷갈리기 쉬우니 주의하자.
19	사아군 Sahgún	Albergue de las Madres Benedictinas	12	7€	수도원을 개축한 중세의 멋이 가득한 숙소. 안뜰이 아름답다.
20	엘 부르고 라네로 El Burgo Ranero	Albergue del Burgo Ranero, Domenico Laffi	28	기부	작고 아담하며 심플하고 청결한 숙소.
21	레온 León	Albergue del Monasterio del las Benedictinas	132	기부	공영. 구시가지에 있다. 전통이 있는 소박한 곳.
22	오스피탈 데 오르비고 Hospital de Orbigo	Albergue parroquial Karl Leisner	90	5€	

23	아스토르가 Astorga	Abergue de peregrinos Siervas de Maria	164	5€	공영. 크고 부엌도 쓰기 편하다.
24	폰세바돈 Foncebadón	Albergue La Cruz de Fierro	40	7€	비교적 새로 생긴 곳이라 깨끗한 숙소. 따듯한 물이 잘 나온다. 주인도 친절.
25	몰리나세카 Molinaseca	Albergue Santa Marina	56	7€	활기 넘치며 비교적 오래되지 않은 알베르게. 공영 알베르게는 약간 낡았다.
26	폰페라다 Ponferrada	Albergue de peregrines San Nicolas de Flüe	174	기부	안뜰 분위기가 좋다. 부엌이 넓다.
27	비야프랑카 델 비에르소 Villafaranca del Bierzo	Refugio Ave Fenix de Familia Jato	80	5€	헤스스 하트라는 유명한 주인이 경영. 한 번 화재로 전소됐지만 순례자들의 손으로 직접 재건했다.
28	트리아 카스텔라 Triacastela	Albergue Complexo Xacobeo	48	9€	새롭고 청결한 알베르게. 식사도 맛있다.
29	사모스 Samos	Albergue del Monasterio de Samos	70	기부	수도원을 개축한 알베르게. 중세의 분위기가 가득. 정기적으로 수도승이 내부를 안내해준다.
30	사리아 Sarria	Albergue Monasterio de la Magdalena	110	10€	심플한 호스텔. 아름다운 안뜰을 갖췄다. 청결하고 편안하다.
31	아르주아 Arzúa	O Albergue de Selmo	50	10€	2014년에 생긴 얼마 안 된 알베르게. 목조로 안정감이 느껴진다. 드라이어 등을 갖췄다.
32	페드로조 Pedrouzo	Albergue Edreira	48	10€	디자이너스 호텔 같은 모던한 인테리어. 창문이 넓고 녹색 풍경을 즐길 수 있다.
33	산티아고 데 콤포스텔라 Santiago de Compostela	Albergue Seminario Menor en Santiago de Compostela	199	12€	거대한 공영 알베르게. 대성당에서 도보로 10분. 이전 신학교였던 곳을 개축해 성지스러운 조용하고 평화로운 분위기가 흐른다.

가져갈 물건 리스트

*여기에 기재한 것들 중, 의류나 소모품의 대부분은 현지 조달 가능.
◎ = 필수, ○ = 있으면 좋음, 표시 없음 = 취향에 따라.

◎	등산화	
◎	배낭	짐의 양과 체형에 맞춰서. 30~45ℓ 정도가 보통.
◎	침낭	여름이라도 밤에는 추우니 겨울용이 좋다.
○	아웃도어용 침구	침낭 안에 넣어 쓴다.
○	등산용 스틱	
◎	방수 도구	판초, 우비용 재킷 등.
◎	등산용 아웃웨어	방수가 바람직.
◎	따뜻한 겉옷	
◎	긴팔 셔츠	
◎	티셔츠 2~3장	
◎	등산용 바지	즉시 건조되는 가벼운 것. 지퍼로 나누어 반바지로도 쓸 수 있는 것이 편리.
◎	실내용 바지	알베르게에서 쉴 때 취침용으로.
◎	비치 샌들	
	귀마개	숙소에서 다른 사람의 코고는 소리가 신경 쓰이는 사람.
	화장품, 선크림 등	
	필기도구	
○	화장지	
◎	티슈	
◎	속옷 3~4세트	
◎	양말 2~3세트	등산용이 좋다.
	장갑 (겨울철의 경우)	
○	카메라	
○	손전등 (헤드램프)	휴대전화 불빛으로도 대체 가능.

○	선글라스	
◎	모자	
	스카프	더위, 햇빛막이, 벌레막이용.
◎	타월	
◎	양치도구	
◎	샴푸, 린스, 바디워시 등	
◎	세안 용품	
◎	여권	
◎	현금카드	해외 사용 가능한 것.
◎	신용카드	VISA, 마스터 등 대부분의 가게에서 사용 가능.
◎	현금	도중 ATM이 있으므로 처음엔 300유로 정도로 충분.
	휴대전화	
	변환플러그	스페인은 C타입
	휴대전화 충전기	
	비닐 파우치	크레덴시알을 비로부터 지키기 위해 필요.
◎	서브백	
○	지갑	
◎	세제(액체) 혹은 빨랫비누	
○	빨래집게, 빨랫줄	
◎	약	위장약, 설사약 등.
○	벌레 물린 데 바르는 약, 살충제	
◎	구급 세트	반창고, 물집 케어 용품, 테이프 등.
	러닝 스패츠	근육을 덜 아프게 한다. 사용자가 많다.
◎	귀이개, 손톱깎이	

옮긴이 **이혜령**

대학에서 문예창작과 일본학을 전공했다. 월간지 취재 기자로 일하다 일본 유학을 다녀온 뒤 한국의 출판사에 근무하면서 단행본 기획 편집, 해외 저작권 관리를 맡았다. 이후 일본 소설가 및 만화가 매니지먼트 에이전시 ㈜코르크에 합류해 해외 진출 사업 시스템을 구축, 현재 한국을 거점으로 프리랜서 번역가, 저작권 관리 및 콘텐츠 기획자로 활동하고 있다.『토마토야 친구할래?』『메모의 기적』『용의 빛』『오후의 집중력』『나는 혼자 스페인을 걷고 싶다』등을 우리말로 옮겼다.

나는 혼자 스페인을 걷고 싶다

초판 1쇄 인쇄 2016년 6월 10일
초판 1쇄 발행 2016년 6월 20일

지은이 오노 미유키
본문 사진 오노 미유키, 아와지 아이
옮긴이 이혜령
펴낸이 김선식

경영총괄 김은영
사업총괄 최창규
책임편집 김정현 **디자인** 문성미 **책임마케터** 이상혁, 양정길
콘텐츠개발2팀장 김현정 **콘텐츠개발2팀** 백상웅, 김정현, 문성미, 윤세미
마케팅본부 이주화, 정명찬, 이상혁, 최혜령, 양정길, 박진아, 김선욱, 이승민, 김은지
경영관리팀 송현주, 권송이, 윤이경, 임해랑, 김재경

펴낸곳 다산북스 **출판등록** 2005년 12월 23일 제313-2005-00277호
주소 경기도 파주시 회동길 37-14 3, 4층
전화 02-702-1724(기획편집) 02-6217-1726(마케팅) 02-704-1724(경영관리)
팩스 02-703-2219 **이메일** dasanbooks@dasanbooks.com
홈페이지 www.dasanbooks.com **블로그** blog.naver.com/dasan_books
종이 한솔피앤에스 **인쇄 · 제본** 갑우문화사 **후가공** 평창P&G

ISBN 979-11-306-0858-7 (03830)